文春文庫

ブエナ・ビスタ

王国記Ⅱ

花村萬月

文藝春秋

目次▼

初出▼
ブエナ・ビスタ　「文學界」平成十一年二、三月号
刈生の春　「文學界」平成十一年八月号
単行本▼
一九九九年十二月　文藝春秋刊
※本作品は文庫化するにあたり、タイトルを「王国記」から「ブエナ・ビスタ　王国記Ⅱ」に改題しました。

ブエナ・ビスタ　王国記II

『王国記』登場人物

＊朧……本書の主人公。素行の悪さから児童相談所送りとなり、このカトリック系修道院兼教護院に送り込まれる。十五歳でいったん世間に出るが、人をふたり殺し、再び逃げ戻ってきた。現在修道院内の農場作業に従事している。二十二歳。

＊ドン・セルベラ……ラテン系の白人神父、当修道院の院長。朧の事情を察して修道院に匿うが、交換条件として「特別奉仕」を要求する。

＊北君……元教護院収容生。卒業後も外界に出ず、農場で働く。

＊宇川君……教護院で少年時代を過ごし、北君とともに農場を切り盛りしている青年。ある時、朧の逆鱗にふれ、顔面を蹴られてすべての歯を失う。

＊赤羽修道士……農場の責任者。長崎・平戸の出身。

＊教子……修道女見習いのアスピラント。長崎出身。事情があってこの修道院に預けられているが、密かに朧と関係を持つ。

＊シスター・テレジア……フランス人修道女。朧の子供を身ごもる。

＊モスカ神父……収容生の頃から朧が慕う聴罪司祭。戦時中に拷問を受け、脚を潰された。朧の犯した罪を知りつつ、赦し、死んでゆく。

＊ジャン……朧に心酔する美貌の収容生。日本人とフランス系アメリカ人との混血。

ブエナ・ビスタ

サッシを開け放つ。前屈みになって窓枠に頬杖をつく。冷気が皮膚を、とくに顎の下から首にかけてを収縮させていく。眉毛や睫毛に雪が附着し、溶け、濡らしていく。快不快は微妙なところであるが、耐えること自体には快感がある。

飽くことなく落下していく雪を凝視する。凝視し続ける。ほぼ無風なので雪の落下軌道が乱れることはない。ときにその微細にして精緻な結晶さえ見抜いたような気分になる。もちろん錯覚だろう。しかし錯覚を愉しんでいるうちに私はただの眼になり、なんとなく自我を喪失していたようだ。つまり降りしきる雪を見つめているうちに軽い催眠状態に陥った。

入眠状態に近い揺れを愉しんでいるうちに、やがて意識が肉体を離れた。この状態は、ときに祈りの最中にも起こることがある。幼いときはとくに頻繁に起きた。私はそれが愉しみで聖堂で跪(ひざまず)いていたようなものである。それは離人体験と呼ばれるものであろうか。離人症と紙一重の状態なのだが明確な差異もある。無力な状態ではあるが、ほぼ完全な客観性を残しているのだ。それが客観性を保持しているということからすれば、もう催眠状態を脱しているのかもしれない。しかし精神も肉体も己の自由になるわけではない。私の意識は単なる眼、ただの眼になって部屋の天井の奥まった位置に張りついて、窓枠に頬杖をついたまま微動だにしない私を頭上から淡々と眺めている。俯瞰する眼である私は室内に張りつめる凍えた空気であり、部屋の天井に用いられている古びた新建材であり、もちろん私でもあり、窓から覗ける雪の結晶でもあるし、床板の騙絵(だましえ)に似た木目の模様でもある。もちろん遍在しているからといって自らを神になぞらえるような傲岸な精神状態とは縁がない。だが、しかし、それは、たしかに快感であり、いい眺めである。

それにしても落下する雪による離人体験と、それによってもたらされる微妙な自我喪失は、祈りによってもたらされるものよりもはるかに深く、勁(つよ)く、しかも明晰だ。すると祈りに明け暮れた私のこの年月はなんであったのか。そんな悲哀に近い感傷が唐突に湧きあがるのだった。

しかし悲哀は長続きしなかった。私は空間全体に遍在しながら、自身の修道生活を細部にわたるまで鳥瞰した。他人事のように見おろした。二十年以上にわたる修道生活にはまったく現実味がなかった。それを悟らされた瞬間に、まるで見知らぬ誰かの演じる学芸会じみた猿芝居を無理やり観劇させられているかのような投げ遣りな落胆が迫りあがってきたが、俯瞰している光景が徹底して稚拙なものであるせいで落胆にさえもリアリティがなかった。落胆に真剣味がないのは致命的である。放りだしたい。投げだしたい。それでも私はなかば意地になって追憶に耽った。

最初の十年、私は心を虚しくし、神の容れ物であろうと努めた。

だが、いくら器であろうとしても、肝心の器に盛るものが存在しなかった。

つまり、ある日突然、神が私の身辺にいらっしゃらないことに気づかされたのだ。神の不在などといった大げさなものではない。もっと単純な仕組みである。いまならばそのメカニズムをはっきりと説明できる。神は私を嘉されなかった。神は私を選ばなかった。そういうことだ。私はちゃちな離人体験とそれによってもたらされる〈いい眺め〉を与えられはしたが、私の存在自体は神の遍在から洩れていた。そして自らを神の容れ物と任じた傲慢さと愚かさが、気づかなくてもよいこと、神が私の身辺にいらっしゃらないということを気づかせるきっかけとなってしまったわけである。

ゆえに祈りによって、つまり発声し続けることによって脳が酸欠状態に陥り、神を視るというハックスリー風の陳腐な奇蹟さえも私には訪れようもなく、ときに起きる不明確な催眠状態とそこから派生する離人体験を弄(もてあそ)ぶのが関の山で、そうこうしているうちに私は在る者に対する抽象的な概念を抱くことさえも拒絶されてしまったのだ。その結果私が獲得したのがハックスリーのいうところのノンアタッチメント、無執着であったのだから笑い話もここまでくると、悲哀の色彩を帯びるのは致し方のないことだろう。

いま、この瞬間にもウィリアム・ブレイクのお節介な囁きが聴こえる。

——*知覚の扉澄みたれば、ひとの眼にものみなすべて永遠の実相を顕わさん。

ああ、知覚の扉。遠くの扉。

脳の回路が抜き差しならぬ陳套な趣向に塡(はま)りかけたときだ。

先生と呼ばれた。

救われた気分で、もう先生ではないと応えた。

「じゃあ、赤羽さん」

「うん」

「車の準備ができました」

「すまないな」

私の肉体は、その皮膚の内側に、まだ痺れに似た異物感を残している。他人の軀を操っているかのような気分だ。ぼんやりと視線をもどすと、一拍おいて朧（ろう）が独白するように呟いた。

「ほんとうに出ていくとは思わなかったな」

私は笑みをかえす。朧も意味不明の笑いをうかべている。落下する雪を見続けていたせいだろう。朧の姿が幾つにも重なって、滝を滑りおちていく水のように上から下にせわしなく動いて見える。

　それは映画のエンドタイトルで延々と映しだされる出演者やスタッフの名前をじっと見つめているときに起こる錯覚と同様のものだ。朧の虚像らしきもの、いや残像が上下に移動して私に軽度の眩暈（めまい）をおこさせる。しかしドアに寄りかかって立つ朧の本体は微動だにしない。糞尿の染みた模様が迷彩のようになった作業服を着て、私を見つめている。筋肉質ではあるが、どちらかといえば繊細な軀を汚れきったゆるゆるの着衣で覆って、すっと立っている。汚れた衣服を纏うことが彼のダンディズムなのだ。

目頭を揉んだ。顔に触れて溶けた雪のせいで皮膚は全体的に嫌な湿りかたをしていた。しばらく揉んで、指先に目脂が附着していないかを確認した。指先に意識を集中することで、ようやく眩暈が失せた。冷えきった頬が逆に火照りはじめた。それなのに夜気を呼吸していた鼻腔が凍えてしまい、鈍く痛む。私はそっと鼻を押さえ、圧迫をくわえた。ところが私の跡継ぎとしてこれから先、農場を動かしていくであろう若者がドア枠に寄りかかったまま、まるで物真似をするかのように、その尖った鼻の先を手持ちぶさたな表情でいじっている。どこか自慰に似た仕草で、微笑ましい。

朧は私の視線に気づくと、鼻から指先をはずし、ちいさくあくびを洩らした。あきらかに演技である。私は凍えきった鼻をつまんで左右に動かした。血が流れはじめ、目頭がぢんとした。朧が怪訝そうな眼差しをむけた。私はそれを微笑をうかべ続けることではぐらかした。

私が二十幾年かを暮らした部屋は六畳ほどの広さの板張りだ。床は胡桃の脂で磨きぬいてあるので黒褐色の艶がある。靴底に吸着するような粘りもある。運びだされた家具のあとや、ベッドの脚の丸いあとの部分だけが周囲とちがうやや明るい色彩をしている。マットはともかく米軍払い下げの金属フレームのベッドまで運びださなくてもよさそうなものだが、修道会は私の痕跡を徹底して消し去るつもりのようだ。床に残された家具のあとやベッドの脚のあともやがて消え去ってしまうだろう。

　この部屋を与えられた当初は真っ白だった壁紙も土埃のせいでいまやくすんだ茶色に変色し、雨漏りの染みが複雑なグラデーションを描いている。それが父の書斎の色彩に重なった。父は極端な愛煙家で、室内にはいつも青灰色をした煙が澱み、壁は脂（やに）で茶色く変色していた。幼い私は季節ごと、節目節目にたびたび窓ガラスを拭かされたが、常に真新しい雑巾が毒々しい褐色に染まったものだ。父は喫煙で部屋を染め、私はどこからともなく忍びこんでくる農場の微細な土埃で否応なく室内を茶色く変えた。

　二十数年をこの空間で過ごしたのだ。多少の感慨があるだろうと思っていた。そう思いたかった。しかし部屋は正方形に近い長方形の漠然としたちっぽけな空間に過ぎず、私が眼を離した隙にベッドや家具といった生活の匂いや痕跡も排除されて、私に感傷の余地を与えない。開け放たれた窓からときどき雪が迷いこみ、床に霙（みぞれ）のような尖りを含んだ白銀色の水たまりをつくっている。

　息が白い。ここから出ていく私に荷物らしい荷物はない。そういう意味では修道生活における三つの徳目のひとつ、私有財産の放棄を目指す清貧をほぼ完全に全うしたという自負がある。残りの貞潔と服従に関してはいささか怪しいが。

朧が私の所帯道具一式をおさめたバッグをもってくれた。あまりの軽さに面喰らったようだ。中身は若干の着替えと掌におさまってしまう程度の薄くちいさな辞書だ。

「先生」

「先生じゃないといっただろう」

「じゃあ、赤羽さん」

「なに」

「聖書とかを棄てましたか」

「棄てた」

「大胆ですね。ゴミ漁りをしていた収容生たちが、生ゴミと一緒に聖書やロザリオを見つけて大騒ぎをしていたんですよ。一人前に冒瀆だとか吐かしてました。たまたま僕がそばにいたので、収容生たちには口止めをしておきましたけど。聖書やロザリオは僕が木工の焼却炉に放りこんでおきました」

朧が共犯者じみた瞳をむけてきた。私はその視線を曖昧に避け、逆に尋ねた。

「君たちは、いや生徒たちはゴミ漁りなんかするのか」

「飢えているんですよ。この時代に飢えてるというのも貴重なものですよね」

「この時代に飢えている、か。君はときどきとても気のきいた科白を吐くようになった」

「凄く恥ずかしいです」

　朧は照れた。本心であろうが、迎合も見てとれた。

「聖書はともかく、宗教に関する研究書は棄てずに朧にあげればよかったね」

「なぜ」

「本を所有するというのは、数ある快感のうちでも、もっとも心地よいものだからだよ。書物に淫するというのかな。本を所有するということで、なんとなく本質を所有した気になれるのさ」

「本に質をくっつければ、本質ですね」

「そういうことだ。君は利発だ」

「その言い方は、正直なところ癇に障ります」

「だが、それでも利発だ」

　朧は上眼遣いで私を一瞥し、人差し指を一本立てた。

「僕は一冊も本をもっていないんです。いまも、むかしも。いや、子供のころは教科書くらいはもっていたか。でも、開いたことさえなかったな。開かない教科書は、存在しないのといっしょですよね。やはり僕は一冊も本をもっていない」

「棄てる聖書さえない」

「そうです」

「いっそのこと気持ちがいいな」

「読書をしないわけじゃないんです。ただ本なんて読みたくなれば図書館で読めばいいと思ってました。ここだって聖職者用図書室に入ることを許されてるし、聖書は聖堂に無数にあるし、自分の本なんて、じゃまなだけだと」

「それは、正しい」

朧が眉間に縦皺を刻んで、わずかに俯いた。私が口をひらこうとした瞬間に訊いてきた。

「気持ちよかったですか」

「なにが」

「本を棄てたことです」

「ああ、気持ちよかったよ。世界でいちばん気持ちのいいことは、淫していたものに唾を吐きかけること。私にとっては本を棄てること。愛していた本を棄て去ること。つまり、知識を棄て去ること」

それから私は本という漢字の成り立ちとその意味を抑えた声で語ってきかせた。

本という字は文字通り木の幹や根のかたちの象形であり、まずはじめに木のいちばん下、つまり根本であり、根源であることを指し示す。

さらに本とは元々からあるもののこと、つまり先ほど朧が口ばしった本質とか本能と呼ばれるものをあらわす。そして本とは真であり正しいもののこと、つまり本物であるという意味をもつ。

そして本とは大本として見習うべきもののこと、つまり手本であり、見本であり、標本であること。同時に本とは中心であるもの、元となるもののこと、つまり本国、本籍、本家、本職という具合に意味が拡がっていき、さらに元手となるもののことをあらわす。資本、元本――。

「書物としての本は、これらの意味を踏まえたうえでの影絵のようなものなんだ」

「つまり先生は」

「先生じゃない」

「怒らなくてもいいじゃないですか」

「すまん」

「赤羽さんは、本質であり根源であるものを棄て去ったわけですか」

「まあ、恰好良くいえば、そういうことになるのかな」

迎合気味に反りかえると、朧が私の荷物をいれたバッグに視線をおとした。

「でも、ちいさな辞書だけは残した。この中に入っているんでしょう」

「うん。棄てられなかった。三省堂の用字用語必携という辞書だ」

吐く息を見た。白く、か細い。力強さに欠ける。なぜ私の呼吸は浅いのだろう。

私の肉体は二十年以上にわたる農作業で徹底的に鞣（なめ）されて、それなりの強度を獲得している。干し肉じみてはいるが、筋肉は実質的な力を発揮することができる。血管は太い。それなのに呼吸は弱々しい。常に浅く、しかもせわしないところがある。サッシに手をかける。カラカラと軽率な音が響く。サッシをロックする。外気が遮断された。すぐにガラスが曇り、四隅が結露した。

＊

車は修道院の所有している二〇〇〇ccの国産乗用車で、車体色は霊柩車じみた黒だが、ガレージから出してきたばかりのはずなのに早くもその車体全体にうっすらと雪の白を纏っていた。

朧が私のバッグを後部座席に放りこみ、早く助手席に乗るように促した。私は車の背後に立ち、ぼんやりとした視線をマフラーに据えた。排気管からは盛んに水蒸気が立ち昇っている。朧が急かした。

「ねえ、赤羽さん。せっかく車内を温めたんだから」

「ああ、すまん。しかし、朧。排気ガスというものは、いい匂いがするね」

「でも、密閉して吸いこめば、簡単に死ねるんですよ」

「君は修道院に淫している」

「どういうことですか」

「僕は書物に淫していたが、君は修道院に淫している。つまり警句が好きになっている。

ここに戻ってきたばかりの時点では、君はあきらかに警句に類するものを嫌い、かつ恥じて軽蔑していた。それが、いまでは、密閉して吸いこめば簡単に死ねる、だもの」

朧が露骨に嫌な顔をした。私は茶目っ気をだしてウインクをしてみせ、助手席に軀を滑りこませた。滑りこませたつもりだったが、ドア枠の上部に側頭部を軽くぶつけてしまった。朧が苦笑した。私も苦笑した。ボンネット上に積もった雪が私の側頭部を冷やし、痛みと同時に私を完全に覚醒させた。

運転席に乗りこんだ朧が、上体を倒しこんで甲斐甲斐しく私にシートベルトを装着してくれた。私はシートベルトの付け方を知らなかったのだ。トラックやトラクターの運転ならばお手のものだが、乗用車となるとまったく勝手がちがう。

「まあ、免許をもっていないんだからしかたがないですよ」

「外で、いや君たち流の言い方をするならば世間で暮らすならば、車の免許くらい取っておかないとまずいかな」

「必要ありません」

「ないか」

「ありません。赤羽さんが車に乗るときは運転手つきです。連絡してくれれば僕が赤羽さんのところに出向きます。ちょうどこの車も5ナンバーだけどハイヤーみたいだし」

「いいのか」

「なにが、ですか」

「朧は、世間で暮らすことができない理由があったからこそ、ここに舞いもどったんだ。そうだろう」

「そうです。でも」

「でも？」

「いいんです。赤羽さんの運転手になります。なりたいんです」

「運転できないわけじゃないんだよ、私は」

私は運転免許を所有していないが、トラックやトラクターなどの農作業用の機械や車の運転には熟達しているのだ。それだけは強調しておきたかった。閉ざされた修道院内農場では免許の有無を追及する者もいない。しかし、外にでれば、私はいかに巧みに運転しようとも免許の有無を問題にされる。不安というには大げさな、しかし不安にごく近い感情が私の軀を微妙に凍えさせた。上体を前屈みに倒し、ダッシュボードに肘をつく。蟀谷に指先をあてがう。軽く円を描いて指圧する。どうやら私は世間にでることを恐れているようだ。いや、滑稽なほどに恐れている。

「もっとヒーターを効かせますか」

「必要ない」

「バッテリーが弱ってるようなんです。寒いかもしれないけど、ちょっと我慢してください。アイドリングっていちばんバッテリーによくないんですよ」

「そうなのか」

「そうらしいです。アイドリング回転程度ではダイナモが発電した電流を整流してボディアースしちゃうらしいです。バッテリーが完全な状態ならばヘッドライトをつけたままアイドリングさせてもなんら問題もないんですが、死にかけバッテリーですからね。そんな状態では、ただガソリンを浪費してバッテリーの電流を消費していくだけなんです。消費電力のほうが多いわけです」

説明しながら朧はアクセルを踏みこんでみせた。ヘッドライトの明るさが変化した。光源に切り取られた雪景色が、一瞬だが鮮やかに輝いた。それにしても朧の口ばしる蘊(うん)蓄(ちく)はじつにやかましい。口調がうるさいわけではないが、なぜかひどく鬱陶しい。なにが整流してボディアースか。不細工な知の先走りとでもいえばいいか。おそらくは閉ざされた環境、修道院のような世界は、こういう具合に人の態度を変えていくものなのだろう。それは朧のような者でも例外ではない。若い者ほど染まりやすいのだ。あるいはある程度のインテリジェンスをもたざるを得ない者の宿命か。

一瞬、後輪が空転する気配が座席をとおして臀に伝わったあと、車がゆるゆると動きだした。二速発進である。私は頭の後ろに手をやり、進行方向を見つめる。ヘッドライトの沃素球の光の先で舞う雪は薄汚れた黄色に染まり、まるで塵だ。

タイヤチェーンが積雪に嚙み、圧縮する軋み音をたてながら、車は農場の斜面を下っていく。下った先は、上りである。この積雪である。うまく上っていくことができるのだろうか。どことなく不安になったが、朧はアクセルとクラッチを巧みに踏みわけて難なく車を操った。

正面玄関前にでた。朧は躊躇わずにアクセルを踏み、広場の新雪のなかに車を進入させていく。車体後部が滑り、流れていく。逆ハンドルを切って遊んでいるのだ。車の腹が積雪にこすれる音が臀の下から幽かにとどく。背後を振り返れば純白のうえに深々とタイヤとチェーンの痕が刻みこまれていく。

顔をもどすと、雪の積もったドメニコ・サヴィオ像が頭でっかちの二宮尊徳像のように私の眼に映った。十九世紀中葉に短い生を全うしたこの少年は、たびたび脱魂という霊的現象に襲われた。聖体拝領、つまりキリストの血と肉を口にする象徴的食人儀式のあとに、神と繋がり、魂が抜けでて、恍惚としたのである。それはときに半日にもわたり、しかし我に返った当人にとっては至福のほんの一瞬であったという。しかもこの脱魂の最中にヴィジョンをものにするのだろう、かなりの頻度で未来を予知した。

　この脱魂現象は私の離人体験などとはまったく別種のものだ。私に離人が起きても、恍惚は訪れない。ましてや六時間以上も神の懐に揺蕩(たゆた)うなどということはありえなかった。私の離人は神の無視を補塡するものであり、ドメニコ・サヴィオの脱魂は神に嘉された者に与えられた特恵である。

　聖ドン・ボスコがこの少年の脱魂を詳細に観察している。それによると少年はミサの後、無人の聖堂で恍惚をうかべ、祭壇のイエズスに声高に話しかけていたという。

　この声高というあたりが、脱魂という恍惚を含んだどこか性的な現象の重要な鍵になるような気もするのだが、私はその解釈に深入りするつもりはない。とにかくこの少年は天国と呼ばれる世界の愉しみを生きているうちに味わっていたのだ。少年はこのように声高に神に囁きかけたという。

――主よ、もし私が罪を犯す危険があるのを御覧になりましたら、私を即座に御身のもとにお引き取りください。私には覚悟があります。罪を犯すよりも、死を。

私は胸の裡で投げ遣りに繰り返す。

罪を犯すよりも、死を。

私の言葉は言葉に過ぎず、四十代なかばにもなって無様に言葉を弄ぶのみだ。しかしこの少年は十五歳というきりのいい年齢で見事に病死してみせた。おそらくは、いや絶対に自瀆を知らず、貞潔を全うした。病弱であり、成長も遅れていたはずだ。精液を爆ぜさせる不細工さを忌避できた。罪を犯すよりも、死を。それを病死というかたちで実行してみせたのである。生きていれば、そして思春期を経てしまえば、人は罪を犯さざるをえない。生きるということは、そういう皮肉で成り立っているからだ。ところがこの少年は生きているうちから天の国の愉しみを味わい、とっとと死んであっさりと天の国に召された。まったくこの究極の不平等ぶりは、いかにも神の思し召しらしい。

私はこの選ばれた少年の為した他愛のない予知について幾度か検討したことがある。その予知は預言者とまつりあげるには大勢に影響のない長閑なものであったが、確実かつ真実の予知であったようだ。つまりあれやこれやの解釈の成り立つノストラダムス的な狡さのない、率直な予言であったのだ。

そのドメニコ・サヴィオの像が見えなくなって、私は現実に引きもどされた。進行方向に木犀(もくせい)の木に囲まれたルルドの聖母像があらわれた。私は急に耐えがたい嫌悪を覚えた。玄関先にふたつも偶像を据えて得意がる。しかもルルドが奇蹟の泉であることがおぞましい。まったく見事な安仕掛けだ。距離をおいて見れば宗教にかかわるモニュメントのすべては陳腐だ。だからこそお粗末な人々、その他大勢の祈禱の対象足り得るのだろうが。

普段は水面に腐臭漂う油膜が拡がって、それが金蠅の背を想わせる虹の七色に輝く薄汚いルルドの泉にも雪が降りつもっていた。両手を拡げた聖母のうえにも雪が層をなし、上半身が異様に肥大してみえる。木犀の木々は一見華奢だが、雪の重さにも負けずに健気に突っぱっている。それを一瞥した直後、車は大きく左に曲がった。内輪差で前輪と後輪の軌跡が複雑に交差する様が私の脳裏にうかんだ。

誰ひとりとして見送る者のない門出である。感傷的な気分には程遠いが、それでも自己憐憫の気配が這い昇ってきた。四十代なかばになっても自分自身に対する憐憫の感情と縁を切るのはむずかしいようだ。溜息を抑えこんでいると、朧がいきなり顔をむけた。

「転びバテレン」

「なんだ、いきなり」

「ちょっと言ってみたかったんです」

朧が無邪気な笑い声をあげた。私は苦笑するしかない。

「転びバテレンか」

「拷問を受けたわけでもないのに」

「なぜ、転んだのか」

他人事のように私が受けると、朧は真顔になり、夜の雪を睨みつけた。

「正直なことを言いましょうか」

「言いなさい」

「先生が」

「赤羽」

「赤羽さんが、象の墓場のことを口ばしったときに、赤羽さんがなにも信じていないことを悟りました。赤羽さんは絶対に無神論者なんですよ」

これまた幼く、単純な思い込みである。しかし私はあえて訊いた。

「なぜ」

「よくわからないけど、死骸を、無数の骨や象牙を望むのは、神様とは正反対の境地のような気がして」

「私は自らを慰撫するヴィジョンとして象の墓場を選択しただけのつもりだが。だいたい神様と正反対の境地が無神論というのは短絡にすぎるよ。私には君の言わんとしていることが、よくわからないな」

「僕は嫉妬しているんです」

みじめな転びバテレンが嫉妬の対象になるというのだ。単式誓願とはいえ、誓願は誓願である。その誓願を破棄し、こうして雪の降る晩にひっそりと落武者じみた逃亡をはかる私のどこに嫉妬される余地があるというのか。だが、もう議論する気も訂正する気力もなくなっていた。

「もうすこし意気揚々とここを出ていくつもりだったんだ」

「気分がすぐれませんか」

「すぐれないというんじゃなくて、ちょっと怖いんだ」

「ああ、それ、なんとなくわかりますよ。いちばん住みやすい巣から追いだされるんだから。どうせなら信じてなくてもいいから、一生、修道士の振りをして只飯を喰ってればよかったのに」

「そうもいかないよ」

私は苦笑した。そうもいかないよ――。もういちど胸の裡で繰り返した。私は幼いときから白黒をはっきりとつけずにはいられない性格だった。それなりに複雑な情感を隠しもちながらも、あえてデジタル的に感情を処理せざるを得ないところがあるのだ。それは私が父から受け継いだもっとも強固な遺伝的性格である。

修道院の内門を抜けた。抜けたとたんに開きっぱなしになっていた電気仕掛けの門が、積雪をかきわける除雪車のように動作しはじめた。視線の先に雪の降りつもった監視カメラの蒼いレンズがある。

門が閉じた。

その頂点に竜（サタン）を槍で打ち倒さんとして力む大天使ミカエルの像を載せた門が、完全に閉じた。施錠される音は聴こえなかったが、首をねじ曲げたままそれを確認し、完全に結界の外に出たことを実感した。私は自らここを出ていくことを決定し、認められたにもかかわらず、それは、なぜか追いだされたという実感をともなっていた。

外にでた。

世間にでた。

そこは漠とした一直線の路上であり、東京都のほぼ中央に位置するK市の市道だった。ひたすら雪が落ちてくる。ひどく静かだ。車の走行音さえ雪に吸われてしまうようだ。ただ、ただ、白い。

ふと思った。悪意とはこのようなものではないか。白くて、無音で。

私は背や額にじわりとした汗を滲ませていることを自覚した。風邪の熱にうかされているときのような心許ない浮遊感がある。私は車の座席に座っているのだろうか。私は自分の足で立ちあがることができるのだろうか。私は自分の状態を朧に気取られたくなく、顔を窓外にむけた。曇った窓を指先で丹念にこする。

修道院兼教護院の向かいには教員養成を目的とした行儀のよい大学があり、西には郵政省管轄の研究所がある。以前は電波研究所という垢抜けない名称だったが、いつの頃からか別の名前に変わったらしい。新名称は失念した。正確には興味の埒外であり、覚える気がない。

「なあ、朧。私はどこに行くのだろう」

「どこって、K市本町四のマンションでしょう」

「場所はわかっているのか」

「大まかなところまでしかわかりません。本町四。どこですか。赤羽さんが知ってるんでしょう」

「ああ、まあ」

「故郷には帰らないんですか」

「帰ってどうする」

「いや、なんとなく」

「長崎の平戸だ。帰りたくない」

「修道院から離れがたいんですね」

「なぜ、そんなことを言う」

「だって修道院もK市。赤羽さんの新しい住まいもK市」

朧の言うとおりだ。私はK市から、修道院から離れられないのだ。結界の内側にいるのには疲れ果てたが、外枠でひと息つきつつ息をころしていようと考えたのだ。

「息をころして、どうするんですか」

いきなり問われて、眼を剝いた。

「君は私の心が読めるのか」

「なにを言ってるんですか。赤羽さんはさっきから独り言ばかりしてるんですよ」

「そうか」

「なにを笑ってるんです」

「自分の小心ぶりを笑っているんだよ」

「ふーん。それっていかにもインテリですね」

「どういうことだ」

「僕の知っている底辺の人たちって、自分自身を笑うということをしなかった。悪いのは自分ではなく周囲であるって態度でした」

「自分自身を笑うインテリをどう思う」

「不細工。みじめ。そんなところでしょうか。所詮は評論家って感じかな」

「所詮は評論家とは」

「批評しかできないんですよ。自分自身でさえも批評の対象なんだ。言葉の奴隷。ばかですね」

「救いがたいか」

「許しがたいです。殺したいです。どうせ生きてないんだから」

どうせ生きていない。たしかに私は生きていない。生きていないことを自覚しているという自家撞着に陥ってしまうところがいかにも私らしい愛嬌だが。では修道院の内側に棲息する有象無象は、生きているのだろうか。死んでいるのだろうか。私が自覚する死者であるように、彼らは自覚のない死者である。そう結論するのが妥当だろう。

王国の概念が根付くことのない日本国で公教会はなにを足搔いているのだろうか。修道院の内側に棲息する死者の群れは、なにを目標に据えているのか。いや、目標などない。あるのは惰性の祈りであり、自分さえ天の国に召されればいいという消極的な我儘だ。つまり、幼稚なのだ。

「なあ、朧」

「はい」

「雪が綺麗だなんて、誰が言ったんだ」

「ああ、それなら、わかります」

「わかるか」

「わかります」

「誰だ」

「僕です」

「雪は、綺麗か」

「綺麗です。発情します」

「発情」

「なんていえばいいのかな。いつもとちがうんですよ。雪が降っている。冷たい空気の質があきらかにちがいます。それだけでいつもとちがう夜です。昂ぶりませんか」

「昂ぶりは、ない。萎えるだけだよ。君は雪景色に発情できるのか」

「できます。積もった雪のうえで跳ねまわる犬みたいなものかもしれません」

「犬か」

「犬です。ちょっと頭の弱い」

側頭部を指してちいさく笑い、朧は視線を進行方向にもどした。意外なほどに正しく美しい姿勢だ。腰が落ち着いている。ヒーターの熱が車内に充ちて、朧の着衣からの糞尿の匂いがきつくなった。

私は熱風のせいで乾いた唇を舐めて湿らせた。舐めたことによって、微妙に性的な衝動を催した。断じて雪に昂ぶったわけではない。朧がちらっと私を窺った。

「修道士の必ず守るべき徳目は清貧、貞潔、服従ですよね」

「それも私が独り言をしていたのか」

「そうです。清貧はともかく貞潔と服従は怪しいそうですね」

私は唐突にきまりが悪くなり、しかも朧に対する強烈な憎しみを覚えた。なぜ、私が独り言をしていることを早く指摘しないのか。私の独白を聴いて、あれこれ類推し、胸の裡で弄んでいたのだ。

「赤羽さんは貞潔ではないのですか」

「正直に答えよう。私は知っている。知り尽くしているといっていい。知り尽くしてから修道士になったんだ」

「なるほど。じゃあ、修道士になってからはどうなんですか」

「おこなった」

「いかめしい言い方ですね。誰とおこなったんですか」

「言いたくない」

進行方向から視線をはずし、朧がふたたび私を一瞥した。揶揄する口調で言った。

「みんな、適当にやってるんですね」

「そういうことだ」

開き直って認めてしまえば、会話は先に進まなくなる。牡丹雪という名の薄汚い塵が天から舞いおちてくる。雪は天国の神様が大掃除をなさっているの。冬になるとそんなことを囁いたのは母だったか。祖母だったか。先祖代々キリスト者である。少なくとも私の前までは、善きキリスト者であった。世間一般から模範に足るべきキリスト者であると思われてきた。

稀にあらわれる対向車は、朧の運転に負けず劣らずの徐行ぶりである。慎重な運転を笑うつもりはないが、朧にしてはおとなしすぎはしないか。そんな気がして、訊いた。

「君なら、もっときつくアクセルを踏むんじゃないかと思っていたよ」

「そうしたいところですけれど僕は事故をおこすわけにはいかないんです。お巡りさんと関わりになるのだけは避けたい」

朧が対向車線を眼で示した。視線を追った。密に降りこめる雪に惑わされて、しばらく焦点が合わなかった。やがて電柱にぶつかった赤い軽自動車が雪に霞んで薄ぼんやりと浮かびあがった。警官の姿はない。若い朧の眼のよさに嫉妬を覚えた。

「警官と関わりになるわけにはいかないというが、君はいったいなにをしたんだ」

「質問に答える前に、僕から質問です。たとえば僕が人をひとり殺したとします」

「うん」

「それから女の人を犯して新たに生命を誕生させたとします」

「それで」

「僕の殺人は許されますか」

「なぜ」

「なぜって、僕の過ちのせいで喪った生命を、僕は自分の性行為で償ったわけですから」

「もし、そんな超越的な屁理屈が通用するならば、この世界から論理という論理、悪という悪が消滅してしまうな」

朧が笑った。白い歯が覗けた。屈託のない笑いだった。いい笑顔だった。そのせいだろう、ふと思った。この青年は、殺人は妊娠で差し引きゼロにできると本気で信じているのではないか。

「君の理屈には、個々人の人生という視点が見事に欠けている」

「どういうことですか」

「個々の生。たとえば君が私を殺したとしよう。そして女性を孕ませたとしよう。新たな生命である君の子供は、喪われた私の生命となんら関係がない」

「ああ、しかたがないですよ」

「しかたがない」

「ええ。どうでもいいことです。瑣末なことっていうんですか。些細なことです。だって僕は、神の視点に立っているんですから」

「君は神になったつもりか」

「ええ。聖職者用図書室に入り浸ってあれこれ読み耽っているうちに、人は神の視点に立つこともできるってことに気づいてしまったんですよ。それって単純に人称の問題なんですけどね。神の視点に立つって、神になったことと同義語じゃないですか」

朧はいったん息をついだ。得意そうに続けた。

「同義語。けっこういろいろな言葉を知ってるでしょう。学校で習っているときは退屈でしかたがなかったのに、自分で学びはじめると際限なく欲望が増長していきますね」

「欲望が増長」

「ええ。知りたいという欲です。いくらでも知りたい。とことん知りたい。アダムとイブの問題がいかに重要か思い知らされているところです。さっき赤羽さんが言ったでしょう。そんな超越的な屁理屈が通用するならば、この世界から論理という論理、悪という悪が消滅してしまう、と」

私は曖昧に頷いた。進行方向左側の路肩に身動きのとれなくなった乗用車が斜めになったまま後部を路上に突きだして放置されている。朧はそれを緩やかな円を描いて避けた。

「ねえ、赤羽さん。論理という論理、悪という悪。それらは同じものなんですか」

「同じとは」

「論理と悪を並べたじゃないですか。並列したっていえばいいのかな」

私は応えなかった。進行方向にあらわれた西武新宿線の線路を見つめる。朧がせがんだ。

ねえ、答えてくださいよ。私は声をだすのが億劫だった。中途半端に呟いた。なんといえばいいのだろう。すべての筋道には悪意のかけらが閉じこめられているような気がするんだ。論理には、やはり悪が内包されているのだろう。

やがて二十四時間営業のコンビニエンスストアが見えてきた。降りしきる雪のなかでそこだけが異様に明るい。しかも雪の白さとは別種の白々しさを誇示し、徹底的に人工的だ。私はその蛍光灯による光の帝国を指差した。

「あれが目的地だ。あそこの五階が私の新しい巣だ」

「一階がコンビニですか。便利ですね」

「建物の裏側に駐車場がある」

「目の前のコンビニの駐車場じゃなくて」

「コンビニのじゃない。私の駐車場だ」

私の駐車場というところに力をこめて言った。朧は即座に悟ってくれた。

「するとマンションも借りたものではないのですか」

「ああ。一応は私の名義に書き換えたらしいが、私の父のものだ」

「赤羽さんのお父さん」

「そうだ。私の家はいわゆる田舎の素封家ってやつなんだ。東京にあれこれ不動産を買い漁っている」

「そほうか、ってなんですか」

「金持ち」

わぁお、と朧が奇妙な声をあげた。それから投げ遣りな口調で、たしか聖書に、金持ちが天国にいくのは駱駝が針の穴を通るよりもむずかしいとか書いてなかったですか、と迫った。もちろん冗談まじりである。しかし私は取りあわなかった。無視をした。

朧は車の腹を雪にこすりつけながら、強引に駐車場に進入した。車が停まった。車外にでると足が潜った。積雪は二十センチを越えていた。雪はさらに密に降りこめている。私と朧は顔を見合わせ、身震いし、オートロックを解除してエントランスフロアからエレベーターに乗った。上昇していく密室のなかで、七十八歳になろうとする父の面影が脳裏にうかんだ。敬虔にして金儲けの巧みなキリスト者である父と、そんな父にまったく疑問を抱かぬ母。そして周囲の善男善女。誰にも後ろ指を差されることのない立派な詐欺師たちはその額に善良という名の皺を刻んであくまでも敬虔だ。カトリックのいちばんの問題は、そういった敬虔で善良な人々の存在を排除できないことだ。彼らは全財産を寄付して浮浪者になったとしても許されることのない人間の屑だ。凍えきった密室がだらだらと上昇していく。朧は他人行儀な顔をして私のバッグをさげている。気詰まりな沈黙を消せない。

＊

スチールドアを開くと、壁紙を貼りつけている接着剤の有機溶剤の刺激があるくせに甘い匂いが鼻腔に刺さった。闇のなかを手探りして、壁のスイッチをいれた。コンビニエンスストアと同様の白い光が室内に充ちた。朧が室内を窺っている。私は朧の背を押してあがるように促した。

「広いワンルームですね」

「いま暖房をいれるよ」

「あれは、なんですか」

朧が指差したのは、床に置かれたカップ麺の空容器だった。家具も何もない部屋にカップ麺の空容器、咳をしても一人という句が脳裏をかすめ、私は苦笑し、食べてみたかったんだと独白した。

「乾ききって変色している。最近じゃないですよね」

「ああ。半年以上前か。まだ暑かった」

「ときどき、ここを訪れてたんですか」

「まあね」

「修道士赤羽は、なにもないこの部屋で、誰にも内緒で、ぼんやりとした時間を過ごしたわけですか」

「さあな」

「カップ麵、おいしかったですか」

「この部屋の鍵は以前からもっていたが、電気ガスは止めたままだった。湯を沸かす手だてがなかったんだ。ところがある日、コンビニの前にしゃがんでカップ麵を啜る子供たちを見た。で、訊いてみたら、コンビニでお湯をいれてくれるというじゃないか」

「子供の真似をしてお湯をいれてもらって、割り箸をもらって、このだだっ広いなんにもない部屋でカップ麵を啜った」

「うん。奇妙な時間だったな。部屋の真ん中にカップ麵を安置して、その前にあぐらをかいてじっと凝視していたんだ。エアコンの使えない室内はひどい蒸し風呂状態で、しかし三分間待つというのが頭にあったからね。汗を滴らせて三分間待った。ところが、部屋に入ってから、三分待ってしまったんだ」

「それは、まずいですよ。コンビニで湯をいれてもらったときから三分間でしょう」

「そうなんだよ。すっかり麺がのびてしまってね。しかもスープを吸ってしまって膨張し、容器からあふれそうになったんだ。なんだか悲しい光景だったよ。汗だくになって、まったく歯ごたえのない麺を咀嚼するのはね」

「でも、綺麗に食べたんですね」

「食べた。食べながら……」

「食べながら？」

「涙がでそうになった」

私はあのときの悲哀をまざまざと思い出した。なんだか息をするのが苦しくなった。

実際に泣いたわけじゃないんだけどね、と付けくわえて、あえて微笑んだ。

「赤羽さん。これこそが清貧ですね」

「ああ。そうかもしれない」

「すべての徳というものは、晴れがましいものじゃない。どこか哀しく、しかも恥ずかしいはずのものなんですよ。宗教者は、清貧を履きちがえているんだ。頭が悪いから」

意外なほどの憤りが朧の瞳のなかで揺れた。私は微笑みをくずさぬまま、手招きをした。

「朧。きてごらん」

西側の窓を開け放った。傍らに朧がやってきた。サッシの枠に両手をついて下界を覗きこんでみせた。朧もそれに倣った。

「どうだ」

眼下には手入れの行きとどいた日本庭園が拡がっている。雪のおかげで夜の濃度が薄まっている。造園の大まかな造形を俯瞰することが可能だ。一般には未公開の公園である。雪あかりに浮かぶ瓢簞形をした大きな池を透かし見ると、水鳥たちの影がじっとひとかたまりになっている。微動だにしない。じっと息を詰めていると、常緑樹の枝に積もった雪がどさりと音をたてて落下し、積雪に穴をあけ、陥没させ、その中心部分だけがわずかに盛りあがる。

「いい眺めですね」

気のない声で朧が呟いた。私はうん、うんと二度頷いた。先ほどの微笑に続けて、意識的に明るい声をつくった。

「ブエナ・ビスタ」

「なんですか」

「いい眺め」

「という意味ですか」

「そう」

「ブエナ・ビスタ、か」

「君はちゃちな眺めだと思っている」

「まあ、なんといいますか」

私はひと呼吸おいて、囁き声で言った。

「無人なんだよ」

「無人とは」

「誰も、いない。この庭園は大手電気メーカーが所有しているんだが、たまに手入れをする庭師が入るくらいで、まず人影を見ない。私は修道士だった時代にも、外出の機会があると、ときどきこの部屋にやってきて、ひたすら無人の庭を見おろしたものだ」

その光景は、しいていえばキリコの絵画に重なるだろうか。人の気配のない、しかし手入れの行きとどいた庭というものは較べるもののない美しさであり、超自然的な気配を漂わせるものだ。人為的な無人とでも言いあらわせばいいか。美意識による排除の論理の働いた無人である。その気配を朧に的確に伝える表現を持ちあわせない私は、幽かに苛立った。私は朧があくびを嚙みころすのを横目で見た。

「じゃあ、赤羽さん」

「うん」

「積雪がひどくなって動けなくなる前に帰ります」

薄い唇から放たれた素っ気ない口調が、少々神経質になっている私を悲しくさせた。思わず縋る口調で言っていた。

「気が向いたら、遊びにおいで」

「ええ。ブエナ・ビスタをゆっくりと観賞しにきますよ」

あっさりと朧が背をむけた。私はぎこちなく眼下の人工楽園に視線を据えた。ドアが開き、閉まり、室内の空気が揺れた。朧の気配が消えた。朧の着衣に染みこんでいた農場の匂い、鶏糞、牛糞、豚糞、そして諸々の尿臭、腐敗臭。そういった香りが、進入する冷気に薄められ、やがて消えていく。私にとっての修道院とは汚物の香りに他ならなかった。私は結界から自らの意思で逃亡して、しかし最後の汚物の匂いを喪うことに胸を軋ませ、ほとんど泣きかけていた。

私は私のブエナ・ビスタを凝視し続けた。農場の私の部屋で雪を凝視し続けていたときと同様に見つめ続けた。ひたすら俯瞰し、鳥瞰し続けた。雪が顔に附着し、同じように徐々に溶けていく。睫毛が濡れて重い。眼球に流れこんだ雪解けの水が、視界をぼんやりと覆い、歪ませもする。しかしもう催眠状態は訪れようもなく、当然ながら離人体験とも縁が切れた。ここは結界の外なのだ。人為的ブエナ・ビスタと若干の霊的気配はあるが、宗教的な気配はない。二十数年を過ごした禁域の、昏(くら)く抑圧的な偽善がない。

私は呼吸する。

息を吐く。

息を吸う。

そして見おろす。

ちゃちな日本庭園である。しかし、それでも無人であるという決定的な美点をもっている。人気(ひとけ)がなければ神秘が宿る。緑の鮮やかな季節には無音で蝶が舞う。夏の夕暮れには蜩(ひぐらし)が控えめに自己主張をする。夕陽の美しい季節になれば赤蜻蛉が群れをなして愛の交歓をする。そして、この雪景色だ。

　明日の朝、一面の雪。人間の足跡の一切ない純白の庭だ。私はその光景を脳裏に描き、無理やり微笑んでみた。先ほどから無理に微笑み続けているなと思った。そのせいで微笑みは結実せず、引き攣れを内包した歪みとなり、なにやら脇から抜けおちていった気配だけが残った。私は目頭を揉み、浮いてしまった涙を丹念にこすった。

「私は泣いているのか」

　自分自身に問いかけた。泣いているのか。それとも眠くてあくびが洩れたのか。眠くてあくびが……。静謐に支配されている瞬間に自らを欺こうとすることほど無駄なことはない。これは、あくびではない。溜息だ。洩れたのは溜息で、滲んだのは感傷の涙だ。私の肌は雪まじりの冷気に収縮し、鳥肌をうかびあがらせている。眼下の庭園は、じつは暗黒にすぎない。しかし朧はブエナ・ビスタであると同意してくれた。投げ遣りであるにせよ。

「そうです。ブエナ・ビスタ」

　幻聴かと思った。あわてて振り返った。不服そうな表情の朧が立っていた。その右手には安物の国産ワインの瓶が二本、左手には紙コップがあった。階下のコンビニエンスストアで購入したものだろう。

「どうした」

「スタックしました」

「スタック」

「駐車場からでられません。ちょっと足掻いてみたんですけれど、情況は悪くなるばかりで、アクセルを踏みこめば尻を振るばかりです。雪が深すぎます。しかも凍結がはじまっています。帰れません。農場には電話をいれておきました。宇川君が先生のことを心配していました。明日から自分が仕切らなければならないから不安なんですね」

私はちいさく笑った。無理やりうかべる微笑みではなく、自然な笑いだった。ようやく笑うことができた。おそらくは、私の孤独を察してあえて戻ってきてくれたのだ。私は朧に友情というよりは、性的要素を含んだ愛情に近い感情を抱いた。

私は明日の朝、朧に雪化粧を施した庭園が陽射しに黄金色に輝くのを俯瞰させることを思い、密かに胸を躍らせて複層ガラスのサッシのきついロックを閉め、エアコンの暖気を最強にした。バッグをあけ、衣類をぶちまける。そのなかから座布団がわりになるものを見つけ、臀の下に敷く。朧は衣類といっしょに転がりだした用字用語必携の罅割(ひびわ)

れた茶色い表紙を見つめている。部屋の真ん中に向かいあってあぐらをかき、紙コップで乾杯だ。朧はワインをジュースのように紙コップに充たした。それを高く掲げる。

「赤羽さんが修道院を卒業したことを祝って」

「私は卒業したのかな」

「たぶん」

「そうか。卒業したのか」

「修道士なんて身分は、いつまでも纏っているもんじゃありませんよ」

「道を修めたら、とっとと卒業か」

「そういうことです。では、乾杯」

「乾杯」

ぐいぐいと飲み干して、私たちは顔を見合わせた。眉間に縦皺が刻まれている。朧がちいさく咳払いをした。

「いまだから告白しますけれど」

「うん」

「僕は小学生のころからワインを嗜んでいたんです」

「盗み飲みをしていた」

「ええ。僕はミサ仕えのあの赤いスータンに凄く憧れていたんですよ。学園の子供のステイタスってわけですね。蠟燭持ちでもよかった。とにかくミサのときに司祭様の手助けをしたかった。で、よく香部屋に遊びにいってたわけです。前の晩に、ミサの準備を手伝っていたわけです」

「そうか。小学校のころからか」

「ええ。だからワインの味にはうるさいんです。こいつは、論外だ！」

「まったくだ。こんなもんを売っているなんて犯罪だ」

文句を並べあげながらも、朧は床においた紙コップにワインをなみなみと注いだ。そして表面張力で盛りあがった、色だけは鮮やかな紫色を見つめ、床に屈みこんで注意深く唇を突きだし、音をたてて得意そうに啜ってみせた。それから顔全体を大げさに歪める。

「まあ、香部屋に忍びこんでキリスト様の血となるワインを盗み飲みするというスリルがあのイタリアのワインをさらにおいしくしていたんでしょうけれど、こいつは信じがたい抜け殻です。しかもやたらと渋い。たぶん葡萄の皮だけでつくったんだな」

「うん。それはそうと、酔わなかったのか。強いのか、朧は」

「いえ。最初に盗み飲みしたときは噎せましたよ。甘いものなんじゃないかって思い込みがあったんですよ。ところが甘みよりも酸味がまさっていて、ほんとうにこれは血の味かなって錯覚しかけたほどでした。しかもアルコール分がつんと抜けていって、なんだか一瞬冷えたんです。そして酔っ払った。火照りはじめた。まだ軀のできる前ですからね。たぶん顔を真っ赤にしていたんだと思います。教務主任が聖堂のほうからふらふらと歩いてくる僕を見つけて、心配そうに駆けよってくれました。腰をかがめて問いかけてくれたんです。だいじょうぶか。熱があるのかって」

「まだ忍者という綽名は頂戴していなかったんだな」

「はい。あのころは純情で嘘をつかない少年だと教務主任は思っていらしたはずです。結局は、僕は医務室に連れていかれて腋窩に体温計をはさまれて、病室に寝かしつけられました。僕はベッドのなかで気持ちよく酔いを愉しみました。なんかぐるぐる廻って不思議な気分だったなあ。心臓の鼓動は壊れそうなくらいに速まって、わけもわからず愉快だったです。さすがキリストの血だって感激しちゃいましたよ」

「そうか。いい体験だな。神秘体験といっていいだろう」

「ははは。アル中はみんな神秘体験をしているわけですか」

「そうだよ。そのとおりだ。そうか」

「どうしたんです」

「私はアル中になろうか」

「いい考えですね。どうやら赤羽さんはお金には困らない境遇らしいし。アル中になるべきですよ」

「よし。毎日、毎晩、この……」

「どうしました」

「うん。こいつは、ごめんだ。もう少しましなワインを飲んでアル中になりたいものだ」

「いや。アル中にはこの渋いだけのワインがふさわしいです。なにしろ文句を言いつつも僕はそれなりに酔っ払ってきたではないですか」

おまけで貰ったらしいコルク抜きで二本めのワインのコルクを抜き、朧はそれをいきなりラッパ飲みした。朧の喉仏がごくごくと律動し、それを見守っているうちにたまらなくなった。

「貸せ」

ボトルを奪いとり、負けずにラッパ飲みした。朧は口の端を手の甲でこすってにこにこしている。軀が左右に揺れているようだ。いや、揺れはじめているのは私だ。飲酒の習慣から離れていたのだ。司祭ではないから葡萄酒を口にする機会もほとんどなかった。素晴らしく廻る。じっと見つめていると、朧が膝でにじりよってきた。

「先生」

「もう先生じゃない」

「いえ。赤羽さんは僕にとって、あくまでも先生です」

「勝手にしろ」

「ねえ、先生」

「なんだ」

「卑しいですよ。ぜんぶ飲みやがった」

「それが先生に対する言葉か」

「失敬、失敬。じゃ、僕が新たなワインを買ってきます。それとなにか肴になるものを。

チーズなんてどうですか」

「許可する。金はあるのか」

「あります。でも、ちょうだい、お金」

私はコートの内ポケットからクリップで止めた札を投げた。おまえに、ぜんぶ、やる。

「多すぎます」

「いいんだ」

「じゃあ、戴いておきます」

「うん。カップ麺。カップ麺を買ってきてくれ。湯は沸かしておく。ガスは使えるんだ」

「銘柄は」

「こだわらない。カップ麺だ」

「ワインの銘柄にもこだわりませんか」

「おまえは、また、この超越的においしいワインを買ってくるつもりだろう」

「ええ。五本もあればいいでしょう」

「こいつを五本も飲むのか」

「そうすれば修行になりますって」

「こいつを飲まされるくらいなら、鞭打ちの苦行のほうがましだよ」

朧が笑い声をあげながら出ていった。朧の姿は消えたが、笑い声だけが何もないだだっ広い部屋のなかで木霊し続けているような気がした。床に転がっているワインの空き瓶を足の先でつついた。瓶の首のほうを中心にしてころころと軽い音をたてて円を描きはじめた。極悪ワインのコルクを拾いあげ、膝に手をついて立ちあがり、軽くよろけながらキッチンに向かう。薬缶がないので、鍋に湯を沸かすことにする。

まだ雪は降り続けているのだろうか。雪がしんしんと降る、という。しんしんは深深、あるいは沈沈と書きあらわすはずだ。しんしんは、擬音のなかでも特級だ。そんなとりとめのないことを考えながら、鍋のなかにあらわれはじめた気泡を凝視する。背後に朧の気配がした。先生、やっぱカップ麺はカップヌードルにとどめをさしますね。

私は振り返り、コンビニの白い袋におさまったワインのボトルを一本抜きとり、コルク抜きがこの場にないことに癇癪を起こしかけた。朧がぺたぺたと足音をたててキッチンから出ていき、コルク抜きを持ってもどった。その足音を聴いて、朧が裸足であることに気づいた。

「靴下は」

「ああ、穿きつくしちゃった。洗濯をしなければ」

「寒いだろうに」

「寒いですよ」

「寝袋(シュラフ)があるんだ。コタツ代わりに足をいれるか」

「いいんですか。僕の足は農場のあの長靴を履いてるんですよ。あのウンチまみれの長靴を」

「そこで今日まで」

言いかけて、午前零時をまわっていることに気づいた。

「いや昨日まで働いていたのが私だ。私は二十年以上あそこで糞にまみれていたんだよ」

「尊いことです」

「ばかにしているのか」

「まさか。先生は農場で働いた。祈ってだらだらしていたわけじゃない。命を育み、そしてその命を責任もって屠(ほふ)った。心底から尊いって思ってるんですよ」

「朧は人の心を蕩けさせるのが巧みだな」

「ああ、昔からそうなんですよ。とくに年長者を蕩けさせるのがうまいんです」

私は苦笑した。そういう具合に肯定されてしまうと、まさに二の句が継げないという状態だ。朧がコルクを抜いてくれた。私は瓶に直接口をつけた。これがいちばん正しい酒の飲みかたではないか。そんな気がした。朧が手をのばした。ボトルをわたした。鍋の湯が沸騰しはじめていた。

鍋から注ぐのはむずかしい。容器に注ぐときにこぼした。裸足の朧の足の甲に湯がこぼれおちた。朧が身悶えした。ワインのボトルを咥えたまま泣き声をあげた。跳ねまわっているのを押しとどめて確かめた。足の甲がまだらに赤くなっていた。私は笑った。ワインをかけておけと言った。怪訝そうな顔で朧は火傷あとにワインをかけた。

「これって効くんですか」

「さあな。多少は消毒になるだろう」

「適当だなあ。おかげで酔いがさめちゃいましたよ」

三分間待つあいだに収納をあさって、寝袋を出してやった。朧が寝袋に足を突っこむ前に火傷のあとを確認した。皮が剝けるほどひどい火傷ではない。寝袋に足をいれるように言った。朧は下半身を寝袋に突っこんで、なぜか神妙な顔をしている。

「人魚姫か、蓑虫か」

朧の独白を聴き流し、カップ麵の蓋を剝いだ。湯気が立ち昇り、原爆のキノコ雲のように乱れた。私はコンビニの割り箸を麵と麵のあいだに挿しいれ、掻きまわし、こねまわした。割り箸が指、あるいは男性器で、カップ麵が女性器である。

そっと顔をあげると、朧が無邪気な表情で麵を啜っていた。視線が合った。

「食べないんですか。のびちゃいますよ」

「そうだな」

私は発情していた。強烈に発情していた。口に麵を運んだ。雪に昂ぶり、発情するという朧の様子はどこか不自然な気もするがまあ、清冽だろう。それに較べ、私はこのカップ麵に発情するのだから生々しくも幻想の余地のない、しかも喜劇的な男である。私は勃起を隠蔽するために膝を立て、その膝頭に肘をついてカップ麵を食べるという不自然な体勢をとった。

「赤羽さん」

「なんだ」

「これからは、したいことをして、食べたいものを食べられますね」

「うん」

「気のない返事だ」

「食べたいものを食べる、か」

私はカップ麺のなかの混濁を凝視した。食べたいものは女性器である。吸い、啜り、咬み、挿し、つまむ。私は鼻先を女性器に没して味わうという幻想を、湯気をあげるカップ麺の乱れに視ていた。そのヴィジョンは神のヴィジョンなど比較にならない真実味と現実味をもっていた。カップ麺のスープの味わいが女の味わいにさえ重なっていた。

「ねえ、赤羽さん」

「なんだ」

朧が私の顔色を窺ってきた。

「うるさいですか、僕」

「いや」

「このカップ麺の容器に潤滑ゼリーを染みこませたウレタンが詰め込んであるのがあるんです」

「なんの話だ」

「だから、カップ麺の容器に、ぎちぎちに潤滑ゼリーが染みこんだウレタンが詰め込んである道具があるんですよ。五個セット」

「なんの道具だ」

「自慰のための」

「自慰」

「そうです。新宿のポルノショップとかに売ってるんですよ。パラダイスっていう商品名の使い棄てラブホール」

「使い棄てラブホール」

「赤羽さん、鸚鵡（おうむ）になってますよ」

私の鸚鵡返しを笑って、朧はカップ麺に顔を落とした。麺を吸いこむように食べ、湯気を吹き、汁もあまさずに飲み干した。私は満足の吐息を洩らす朧に視線を据えた。

「いま、私は、独り言をしていなかったはずだ」

「いつですか」

「だから、いま。カップ麺を食べている最中だ。なぜなら、食べていたからだ」

朧が怪訝そうに見つめかえしてきた。

「どうしたんですか。なにがあったんですか。僕がなにか気に障ることを言いましたか」

とぼけているのか。それとも、この無邪気さは本物なのか。たしかに私はカップ麺に女性器を連想した。それは事実だ。昂奮を覚えもした。カップ麺の風情に発情するのだから人間の可能性には脱帽してしまう、そんな他人事じみた感想を洩らす用意もある。しかし、断じて、独り言はしていなかった。

それなのに朧は、使い棄てラブホールなるカップ麺容器を代用したらしい自慰用具のことを口ばしった。つまり、私の心を読んだ。あるいは私の発情に感応した。

私は残り少なくなったカップ麺の中身を箸で掻きまわしながら考えこんだ。ここに向かう車中で朧は私の想念を口にした。私は、朧が私の心を読むことができるのか、と勘違いをし、驚愕したわけだ。朧は私が独り言をしているから私の思いは筒抜けであると指摘して笑ったのだが。

ボトルを引き寄せる。紙コップにワインを注ぐ。もう、食べないんですか、と朧が私のカップ麺を示した。私は頷いた。もう、食べたくない。

「蓋を開けると、湯気が立ち昇るだろう」

「ああ。あれが、あの湯気がじつにうまそうに感じられるんですよね。期せずしてってやってでしょうけど、カップ麺ならではのチープな演出ですね」

「ところが私は、さっき、あの湯気に原爆の光景を想ってしまったんだ」

「先生は長崎ですよね」

「そう」

「ピカドン」

「母は被爆者なんだ。手帳もある」

なぜ手帳もあるなどというつまらぬ念押しをしたのか。私は酔いが悪い方向に軌跡を変えつつあることを悟り、幽かに狼狽(うろた)えた。

「お母さんは、どんな状態なんですか」

「どんなって、まだ生きてるが」

「苦しんでらっしゃるんですか」

「まあ、そういうことだ」

「赤羽さんのお母さんならば、さぞや熱心な信者なんでしょうね」

「うん。顔や軀の紅いケロイドや放射線障害の苦痛を神の恵みと感謝するくらいの、ね。晩発性障害で最近、原爆白内障になったらしいんだが」

「なんだか凄げえ他人事だな」

　醒めた眼で朧が呟いた。私は微笑んだ。微笑んでしまってから、愕然とし、きまりが悪くなった。なぜ、私は、笑うのだろう。私はカップ麵の女性器を隠蔽するために母の被爆をもちだしたのだろうか。もし、そうだとすると、人間とは、いや、私はずいぶんとひどい生き物だ。だがカップ麵の蓋を剝いだときにキノコ雲を視たのも事実なのだ。

「ねえ、先生。原爆投下も神の摂理ですか」

「さあな。沈黙し続ける神に訊け」

「わかってますよ、その筈の真意。カトリック教徒って、神の沈黙さえも神様の存在証明にしてしまうんですもんね。変態だよ」

「私はもう修道士ではないし、キリスト者でもない。君は洗礼を受けているんだろう」

「受けてますよ。ひょっとしたら神様も信じているかもしれない。ただキリスト教の変態じみたところには耐えられない」

「どんな変態だ」

「マゾかな。いちばん強いんだよね、虐められて悦ぶ奴。誰も勝てないですよ。知ってるんですよ、僕は。サドとマゾ。本物のサドマゾを知ってるんです。サドなんてマゾにとっては単なる奉仕者にすぎません。わかってるんだ。真のキリスト教の信者は、神様さえ自分の快感に対する奉仕者にしてしまうんだ」

「どこでサディズムとマゾヒズムを知ったんだ」

「言いたくありません。それと僕自身はそのどちらでもないんです。渦中にあったこともありますが、おおむね観察したんですよ」

「朧は年齢からは推しはかれない過去をもっている」

「まあ、いろいろやってきました。でも、いつだって観察者だったんです。ただの眼だった」

「ただの眼である君は、観察して口ばしる。悲惨な光景、苛立たしい光景、無常な光景、劣悪な光景、退屈な光景、なにを観ても結局はブエナ・ビスタ」

「訊きたいと思っていたんだ。なぜブエナ・ビスタなんですか。なぜ、日本語じゃないんですか」

「私も観察者だった。いや、断言する自信は喪ったが、たぶん観察者だったんだろう。

観察者は、観ることを特別視する。観察者だから当然だが。そのとき、観察をあらわす言葉に特別な意味をもたせたい。小説家が小説に特別な意味をもたせたくて文学なる言葉を発明したのといっしょさ。その結果私が選択したのが、いい眺め、ではなくて「ブエナ・ビスタ」

「そういうこと」

「観察は名詞じゃないですか。なんでそれに動詞を当てはめちゃうんですか。まあ、そういうことを差しおいても、先生、けっこう、子供っぽいですね」

「観察は、正確にはサ変名詞。そして、いい眺めだ、は形容動詞だ。それはともかく、宗教者なんて、みんなガキだよ」

「それは漢字の餓鬼ですか」

「いや、カタカナのガキだ」

「ひょっとして」

「ひょっとして？」

「自覚が足りないかな」

朧はワインの紙コップを蓑虫になった寝袋の脇に置き、拳を口許にもっていき、くくくとくぐもった声で笑った。私はその笑い声を耳にしたとたんにねじれかけていた酔いと心がそれとなく矯正されたのを感じた。

「正直なことを言おうか」

「はい」

「君が女性だったら、同棲したい」

「凄いことを言いますね、いきなり」

「私は君と性行為をもてるかもしれないとさえ思っている」

「口説かれているんですか」

「いや。私は君と交わらないだろう。君は私と交わりたいか」

「いえ。僕は女性が好きです」

「そうなんだ。じつは、私の同性愛的傾向は想念のうえだけで、現実には」

「女好きのホモ」

「うまいことを言う」

「ねえ、赤羽さん。僕は、じつはときどき少年に奉仕されているんですよ。奉仕してもいるんだけど」

「ほう。衝撃的告白だ」

「なんだかなあ。外に出たとたんに、女性週刊誌みたいだ」

「そうかな」

「そうですよ。いいですか。僕の話をきいたら、赤羽さんは嫉妬するんじゃないかな」

「そんないい思いをしているのか」

「うーん。むずかしいところです。気持ちいいけど、気持ち悪い。いや、気持ちいいけど、ちょっと怖い、かな」

私はワインを含んで、先を促した。劣悪なワインであっても酔いさえ廻れば高級ワインにひけをとらないという酔っ払いの法則をずいぶんしばらくぶりに確認した。

「まず、最初に嫌なことを告白しちゃいます。僕はドン・セルベラに奉仕をしています」

「オウ、マンマ・ミーヤ」

私がドン・セルベラの口真似をすると、朧は軀を前に倒して噴きだした。

「ドン・セルベラのおちんちんを弄るのは、まあ、ワークって感じですか。お仕事です。おぞましいけれど」

「君も苦労しているわけだ」

「只飯は喰わせてもらえないってことですね」

「人生はつらいものよ」

「ひとつ積んでは母のため」

「君は酔っているだろう」

「あたりまえですよ。じゃなきゃ、こんなことを告白できますか」

「よし。貴君の告白をきこうじゃないか」

「はい。告白します。僕は、ときどきジャンに奉仕されています」

「ジャンとは、君にまとわりついているあの美少年か」

「はい。あの美少年です。先生、喉仏が動きましたけど。ぎこちなく」

「ジャンは、危険な気がするな」

朧は指先で下唇を弄んだ。つまんで引っぱり、押さえつけ、訊いてきた。

「なぜ、ですか」

「わからんが、禍禍しい」

「でも、一生懸命なんですよ。僕の腰を抱いて口を遣う。口というのはお喋りに遣うだけじゃないんです。食べたり飲んだりするのに遣うだけでもない」

「そんなことは百も承知だ。口はまず、性器なんだよ」

「口はまず性器、か。赤羽さんだってジャンに腰を抱かれれば、逆らえないですよ。絶対に逆らえない。なんだか切実なんですよ。媚びの質がちがうっていうのかな。女の媚びとはぜんぜん別物で、へたに拒絶するといきなりガラスが割れちゃうような」

「それで君は快感を覚えているのか」

「おっ、尋問口調だ。お答えします。凄く気持ちがいいです。でも」

「でも」

「なんだか痛みが残るような」

「痛みが」

朧はちいさくうつむいた。角度によっては妙に女性的な表情になる。見つめていると、しみじみとした声で言った。

「よくわからないけど。もう、幾度もしてもらっているので馴れてきたんです。醒めた顔をつくって平然と咥えてもらえるようになりました。ときどき粋がってジャンを無視して雑誌なんか読んだりします。下半身裸ってのが無様ですけど」

「話がずれている」

「軌道修正します。気持ちがいいのに愉しめないんです。甘えられないというか、安らげないというか。馴れからくるんでしょう、どことなく甘えた、安らいだ雰囲気もできているんですけど、それはあきらかに芝居じみているんですよ。で、なんだか心が分裂しそうです。分裂しそうで、ちょっと痛い。ジャンがあまりに熱心なんで、実際に痛みも残ったりします。吸われすぎて」

「吸われすぎて、というのは君のサービス精神のあらわれであると受けとっておくよ」

「すこしくらい茶化しておかないと、居たたまれなくなっちゃいそうなんです。正直なところ、ちょっと怖いんですよ。先生は禍禍しいって言いましたね」

「ああ。きっと一方通行だから怖いんだよ。戻り道のない快感は、禍禍しい」

「同性愛は、戻り道がないんですか」

「いや、同性愛に戻り道がないんじゃなくて、君と少年の関係に戻り道がないんだ。君は断れなくて受けいれてしまった。そういうことだろう」

「そうなんですよ。NOと言えずに、含羞（はにか）んじゃった。含羞んだあげくにズボンとパンツをおろしちゃった。ばかですよ、僕は」

「そこに含羞みがあるなら、まあ、許せるかな」

朧はわざとらしく天を仰いだ。

「ああ、他人事だ」

「じゃあ親身になろう。君はジャンとの関係を克服したほうがいいだろうな」

「その理由を」

「うん。血が流れる」

「流れますか」

「私の直観だ。あてにならないが」

「いや、先生の直観は、きっと正しいと思います。ジャンの独占欲は女性のものとはまた別で、じつにねばねばして、そのくせ諄(くど)さに実がない。しかも冷たいんです。僕は奉仕されながら、ときどきジャンの揺れる頭を叩き割ることを空想したりします。ジャンの頭を柘榴(ざくろ)にしたら凄く気持ちがいいだろうな。世界でいちばん気持ちいいかもしれない。世界の頂上に登ったような気分が味わえそうですよ」

「ああ、そのとき君は地上を見おろして心底から呟くんだ」

「ブエナ・ビスタ」

「きっと較べるもののないクリアさだろうな。明澄。鮮明にして清明。君は一瞬かもしれないが、世界のすべてを観る。視る。まさにブエナ・ビスタだ」

「気に喰わないって思ってたのに、なんとなくブエナ・ビスタという言葉に侵蝕されちゃったみたいです」

「濁音がふたつ入っているだろう。しつこくて、かなり狡いんだ。濁りの印象は、たしかに君を侵蝕するはずだ」

「ブエナ・ビスタ教。先生は、いい眺め教の教祖ですね」

「視るだけの宗教なんて、誰も信者にならないよ。いや、正確にはインテリしか信者になってくれないよ」

私たちは額をくっつけあうようにして忍び笑いを洩らした。じつは私もインテリ、朧もインテリ、インテリゲンチア同士の自瀆的忍び笑いだ。

ああ、それにしても酔った。蟀谷が脈打っている。私は痔疾の気があるのだが、肛門に鎮座まします疣が酔いからもたらされる心臓の脈動にあわせて、脈打ちはじめている。まるで蟀谷の真似事をしているかのようだ。私は前屈みになって微かに揺れながら、酔いが肉体にもたらす熱と変化を他人事のように愉しんだ。

正直なところ、言葉を発するのが億劫になりつつあった。眠ってしまいたい。熟睡できるだろう。昏倒できるだろう。だが寝袋は朧の下半身を覆っている。こんなことならば面倒がらずに寝具店に寝具一式を注文して届けておいてもらえばよかった。

「床暖房がいいな」

「なんですか」

「なんでもない。床が熱ければ、汗をかいて眠れる。リフォームか」

「先生、酔ってますね」

「酔っているとも。酔ってます」

「大切な話があるんですよ」

「大切な話なら、いままでさんざん交わしたさ」

「あんなの、頭のなかのことばかりじゃないですか。観念ていうんですか」

「君にとって観念は大切なことではないのか」

「ねえ、先生」

朧の口調が変化した。それは、感じた。しかし私は酔っ払いである。

「なにかね、君」

「妊娠八ヶ月の女性がいます」

「八ヶ月か。僕の若いころは確か七ヶ月まで堕ろせたんだがな。堕胎ができたんだよ。七ヶ月なんて、もう人のかたちをしているじゃないか。堕胎なんて言葉が白々しいね」

「もう、隠せないんですよ」

「尼僧に変装させなさい。尼僧のあの服装ならば、大きくなったお腹もごまかせます」

得意げに戯れ言を呟いて、いきなり察した。顔をあげた。睨みつけるように見た。満面の笑顔が迎えた。

「なぜ、笑う」

「先生だって超能力者じゃないですか。尼僧であるということを読みきった」

「誰だ」

「シスターテレジア」

「八ヶ月」

「はい」

「君か」

「さあ」

「君だろう」

「処女懐胎ですよ」

「私は聖母マリアの処女懐妊だって信じていないんだよ」

「あらま」

「なにが、あらま、か」

「とにかくシスターテレジアのお腹は、もうそろそろ隠せないサイズです」

じわりと酔いが舞いもどり、私はすべてに対して億劫になった。投げ遣りになりそうになった。かろうじて、それに耐えた。目頭を揉んだ。指先で薄黄色の目脂が糸を引いた。自分自身の薄汚さをいきなり間近に見たような不快感に吐き気を覚えた。

「どうしろというんだ」

「さっき先生は僕と同棲したいと言いましたよね」

「そんなことを言った覚えはない」

「勘弁してくださいよ。先生が同棲したいなんて言うから、僕はジャンとの関係を告白しちゃったんじゃないですか」

「で、こんどはシスターテレジアとの関係の告白か」

「告白じゃありません。お願いでもありません。お勧めです」

「私は君になにか勧告されなければならないことがあるのか」

「先生は清貧はともかく貞潔を損なったと言いましたよね」

「それが君の為した不埒となんの関係がある」

「僕は不埒ですか」

「ずっと思っていたんだよ。感じていた。君は胡散臭い」

「まあ、話をきいてください。いいですか。僕は修道院を出たからといって修道士ではなくなったとは思わないんです」

「私のことか」

「先生のことですよ」

「先生と言うな」

「先生じゃないですか」

「調子のいい。さっき、修道院を卒業したといって乾杯したばかりじゃないか」

朧が拗ねた子供をもてあましたような調子で肩をすくめた。私は心底から腹を立てた。

「君は私を舐めきっている」

「どうとられてもかまいません。とにかく話をきいてください。いいですか。先生は修道院における修道士時代にも貞潔を損なわれた。それならば修道院から出ても貞潔を損なえるか試みてはどうでしょうか」

「人を殺しても妊娠させれば差し引きゼロだという論理と同様にばかげている」

「僕は本気で人を殺しても妊娠させれば差し引きゼロだと考えているんですけど」

「神の視点か」

「いえ。神です」

「私はシスターテレジアを引きとって、出産させ、父親の役をこなすのか」

「そうです。まるで聖父ヨゼフじゃないですか。やってもない聖母マリアの夫にして、主イエズス・キリストのお父さん」

「よくもそこまで屁理屈を」

「いや、僕はずっと思っていたんです。聖ヨゼフこそが真実の修道士なのではないかと。あれほどつまらない役を引き受けた男は人類史上ないでしょうね」

「つまらない役が修道士か」

「愉しい役ですか、修道士」

私は空のワインボトルを握りしめていた。握りしめた手の甲に血管が浮かびあがっていた。農場における肉体労働がつくりあげた太く青黒い血管だ。

「もし引きとりを断ったら」

「大人の判断をします」

「大人の判断」

「そうです。具体的には堕胎」

「君が連れていくのか」

「産婦人科ですか。まさか。修道女ですよ。シスターテレジアがそんな恥ずかしいことを望むわけがありません」

「じゃあ、どうする」

「僕が胎児を殺します」

「殺す」

「そうです。僕はサッカー部で、それなりのゴール・ゲッターでした。オフ・サイドばかとも呼ばれてましたけれど、かなり強力な蹴りをもっています」

「シスターテレジアの腹を」

「そうです。蹴りましょう。シスターテレジアもそれを望むでしょう」

「無茶だ」

「承知のうえです」

「たいしたものだ」

「なにが、です」

「君の脅しの技術だ」

「言っていることがわかりません」

「君は妊娠八ヶ月の母子共々蹴り殺すと私を恐喝しているんだよ」

「まさか」

「ふざけるな。妊娠八ヶ月の母胎を蹴りあげれば、母子共々無事であるわけがない」

「だから先生は貞潔を損なったって言ったじゃないですか。それならシスターを引き受けてくれれば、みんな丸くおさまりますって」

この男は、なぜ、にこやかに、柔和に笑っていられるのだろう。その笑顔に邪悪のかけらもみられない。私は周期的に訪れる酔いをなんとか彼方に押しやろうと足掻いて、朧を睨み据えた。

「君がワインをもってもどってきたのには、こういう訳があったんだ」

「深読み。邪推ですよ」

「いや、君が私を送ってくれることを申し出たときから、なにかあると察するべきだった」

「先生は人間的によくない状態です。修道院から逃げだしたからといって、修道から逃げだしていいというわけではありません」

「逃げだした」

「そうです。逃げだした。先生は聖ヨゼフになる機会を避けようとしてさえいる」

「詭弁だ」

「詭弁にきこえない論理や説得がいまだかつてあったでしょうか。先生は僕の誠意がわかっていない」

ついに耐えきれなくなった。私は葡萄酒の瓶を握って笑った。大声で笑った。身悶えして笑った。のたうちまわって笑った。腹がよじれた。痛みさえ感じた。そして、嘔吐した。私は酸っぱく熱い吐瀉物に顔をうずめて、ようやく笑いをおさめた。残ったのは苦痛の喘ぎだけだった。

朧が私の腋下に手を挿しいれて、私を吐瀉物の海から救いあげた。割れた葡萄酒の瓶の破片が濃緑色に輝いていた。朧が私の顔を汚した嘔吐物を丹念に拭いてくれている。さらに床に散った吐瀉物の後始末をはじめた。甲斐甲斐しいといった態度ではないが、丁寧でどこか峻厳でさえあった。

そんなふうに見えてしまうのは、私が酔っているせいだろうか。胃のなかは完全に反転して、もう吐くものがない。それと入れ違えるように後頭部から頭痛が拡がっていく。眼球の裏側がとくに痛む。そんな痛みのなかで、考えた。処女テレジアを妊娠させ、私に聖父ヨゼフの役を押しつけようとしているこの若者は、神なのか。神になるつもりなのか。そこまで考えて行動しているのか。それとも、たまたま、なのか。偶発的に行動しているだけなのか。

その場しのぎか、朧――。

尋ねたつもりだったが、唇が引き攣れただけだった。目尻が涙でひどく濡れている。鼻腔に居座っているのはカップ麵の切れ端か。口中にのさばり、刺さる胃酸の棘を疎ましく感じた直後、意識が朧になった。

＊

父が訪ねてきた。溶けはじめた雪でズボンの裾や靴をひどく汚していた。迷惑だ。憂鬱だ。苛立たしいし、腹立たしい。だが、それを顔にださない程度の厚顔無恥は修道士時代に身につけた。修道士の修行というものはそれだけに費やされるといっていい。慇懃な微笑みではぐらかすなど得意中の得意である。それに現在の私はいい歳をして父に寄生しようとしている條虫のような存在である。

つい先頃までは公教会に寄生していたわけだが、その時もやはり私は條虫であった。家畜の面倒をみていたので私は寄生虫に詳しい。最終宿主を生かさず殺さずが寄生虫の真骨頂である。煙草を喫いつづけている父の口許の皺を凝視しながら、私は條虫に徹しようと考えた。

條虫、有鉤條虫、いわゆるカギサナダムシは中間宿主として豚の筋肉内に、つまり我々が食する部分に大豆程度の大きさの嚢虫として寄生し、最終的にその肉をきちっと火をとおさずに食べた人間の小腸に寄生する。そして人の腸内で成虫の片節が千切れて大便といっしょに排泄され、やがて片節が壊れて虫卵があらわれる。それを豚が喰って中間宿主となり、それをふたたび人間が喰って最終宿主となり、その人間が虫卵の入った片節を排泄し、それをまたもや豚が喰って、その肉をまたまた人間が喰って——以下略。

この締まりのない退屈な連環に対して、自然とはよくできたものだなどという安易にして小悧巧な感想を洩らすことは断固として拒絶したい。私はいまここで退屈を隠蔽するために蜂谷などを揉みながら、観ることに特化された在野の修道士であることを自認することにした。ゆえに宗教的な観点から疑義を呈しておく。つまり有鉤條虫を中心に据えた人と豚におけるこのシステムをほんとうに神が考案構築したのだとしたら、神とはなんとも小者で気のちいさい存在ではないかという苦情にちかい侮蔑の感情による告発である。このシステムには意味がない。疲労気味のニヒリストにしてみれば人と豚が有鉤條虫にとってほぼ等価値であるということにかろうじて意味を見いだせるかもしれないが、私は無意味であると断じてしまおう。しかも意味がないだけならば、まあ許されもするが、爽快感がない。摂理の内包するべき疾走感がない。あるのはだらけているくせに確実で着実な嫌らしい効率だ。

最近、しみじみと思うのだ。人をも含む天然自然における神の創造主としての手腕は、お粗末にして芸がなく、陳腐にして退屈といわざるを得ない。自らの程度を客観視できぬ二流の画家か、芸術家気取りの三文文士がちかい。それはともかく、だ。御注意申しあげる。

豚肉を生で喰わせない。

人糞を豚に喰わせない。

なんとも実用的で、そのくせたいして役に立たず、しかも身も蓋も含みもない素敵なスローガンである。思わずほくそ笑んで、父の怪訝な表情に我に返る。真顔をつくる。

思春期のはじめのころだろうか。たぶん陰嚢に産毛のような陰毛が生えはじめたころだ。父を前にした私は胸中であれこれ戯れ言を構築して時間を潰すようになった。父の話を確実に無視し、遮断するための技術であり、技法である。

本質的に不真面目なくせに、とりあえず真面目の上に糞を冠するのが似合いな父のお喋りには、脳裏の戯れ言で対抗するのがふさわしい。ためしに、先ほど父がふと洩らした人間に関する考察を再録しておこう。

――細菌戦に用いられるチフス菌のことを考えたことがあるか。当然ながら天然に存在するチフス菌ではない。培養されたものだよ。で、培養されたチフス菌だが。彼らは培養されているのだが、創造主のことなど考えないし、わかりようもないわけだ。そして、いざ、ばら撒かれれば、せっせと自らの、つまりチフス菌として為すべきことを為すしかない。なあ、省吾。我々という存在は神に培養されているチフス菌なんだよ。

　創造主としての神に疑問を呈した私の條虫と父のチフス菌。どちらに分があるだろう。しばらく考えこんで、なんだか父のほうに分があるとする者のほうが多いような気がして私は喫えもしない父の煙草に手をのばす。なんとなく意味がありそうなあれこれにばか共は靡く。すると胸中でばか共と軽蔑しながらも私は気弱に俯いて自説を引っこめざるを得なくなる。愚民政策としての民主主義、憂鬱なる多数決にはこういった側面があるのだ。

　だが私の條虫には投げ遣りとユーモアらしきものの片節があった。しばらく吟味してもらえれば、さらに愛嬌という名の虫卵らしきものを感じとってもらえたはずだ。しかし父のチフス菌には小悧巧な御教訓しかない。私は胸の裡で勝ち目のない選挙戦を戦う候補者の立ち会い演説のような、なんとなく分の悪い自己弁護に励み、指先で煙草を弄ぶ。

「喫うのか」

「いや」

煙草をもどして、指先を鼻に近づける。葉の移り香を漠然と愉しむ。私は喫ったことがないのだが、巷でいわれるほどの悪者なのだろうか、煙草という存在は。

「なあ、どうしてもだめか」

「ああ。いつでも継げるだろう。もう少し眺めたいものがあるんだよ」

「眺めたいもの」

「そうなんだ。父さんなら、わかってくれるはずだ」

「私の息子だからな」

「すまない」

「能力的には、おまえが」

「言ってはいけないことだよ。貞夫だって一生懸命だ」

「私はキリスト者だが、世界が平等ではないことが神の思し召しであることも理解している。このことを心底から理解していたのがマルクスだ。唯物論は鋼鉄製の宗教だ」

「鎌と金槌で出来た？」

迎合してやると、父は、いまさらなことを口ばしってしまったと苦笑した。逆への字形に刻まれた目尻の皺が汚らしい。白眼が黄色く濁って、黒眼は灰色がかって瞳孔の反射運動があきらかに鈍い。そのくせ入れ歯はやたらと白く、蛍光灯の光をつやつやと反射してセラミックであることを露にする。私は笑い返しはしたが、そろそろこのばか者に我慢ができなくなってきた。

父がキリスト教を選択したのは、じつは自らの搾取を正当化するための方便にすぎないのではないか。若かりしころに悩んだ疑問がふたたび頭をもたげてきた。懐かしさと同時に吐き気がした。若いころと違ってとりわけ父を糾弾する気もないが、自らに疑問をもつことのない父という生き物は幸せである。神に嘉されたのだ。有鉤絛虫と豚と人間の三角関係を構築した神に。

美点かどうか判断に自信をもてないが、あえて言えば、父の唯一の美点は、見切りのよさである。資本主義を肯定する拠り所としてキリスト教を選択したこと自体がある見切りであるわけだが、罪悪感をもたずにすむ神の許諾つきの金儲けで鍛えた見切りである。なかなかに強かだ。これでも父は、若いころに押しつけられた信仰に疑問をもち、家を出たことがあるのだ。

昔は俺も悪かったという年寄りの自慢話の類で父からよく聴かされたことに、福岡で雌伏していたときに賭博でそれなりに稼いだという武勇伝らしきものがある。父の博奕自慢は、いささかのあざとさを含んだ口調でさりげなく締め括られる。曰く、私は博奕で負けたことがないんだよ。なぜならば、勝っているときにやめてしまうからだ。

ああ。こんなにばかな親をもったことが悲しく、恥ずかしい。しかも世間の大部分は私がいくらこうして実例をあげてもこの父親が恥ずかしい存在であることに気づかないのだ。注釈をしておくが私のいうばかとは、小悧巧と同義語である。小賢しさこそがばかの本質であり本体なのだ。そして私はその小悧巧、小賢しさを遺伝というかたちで自らの体内に充満させている。それはともかく処世的見切りの達人である父は人間関係の見切りも巧みだ。私の瞳をじっと覗きこみ、唇の端をちいさく歪めて笑った。

「今日のところは帰ろう」

「今夜は泊まっていかないのか」

「その寝袋に、か」

「寝具なんてどうにでもなるだろう」

「帰って欲しいはずだ」

「いや、まあ」

「いいんだよ。我が家から哲学者がでることは好ましい。ひとりくらいならば、という但し書きが要るが。修道士から哲学者に転身。悪くない選択だよ」

哲学者。誰が。私は父の単純な括り方に、あるいは強烈な皮肉に、無様に照れて頭を掻くしかない。それでも解放感から腰が軽くなり、立ちあがっていた。宿屋まで送ってくれるのかという父の、その上目遣いに引っ込みがつかなくなった。父は銀座にホテルをとっているという。銀座という土地は地方の者にとっていまだにステイタスなのだろうか。

西陽を浴びて連れだって歩くと父がひとまわり縮んだことがよくわかった。腰が曲がって前屈みの姿勢になったせいか腕が異様に長く感じられる。よく言われることだが、人は生まれたときに皺だらけの猿で、こうして歳をとるとまた猿じみてくる。だが、この猿にはなにやら横溢し、漲るものがある。衰えを衰えとして纏いつつ、死の気配のかけらも感じさせないからたいしたものだ。

年老いたくせに足だけは速い傍らの猿を適当にあやし、残雪に足をとられて転んだりせぬように気を配ってやりながら、中央線特別快速に乗った。猿は、自分の購入しているマンション等が駅から徒歩五分以内、しかも中央線沿線であれば特別快速停車駅を基準に選択していることを口調だけは醒めた調子で、しかしくどくどと喋った。

父にとってはあくまでも国電である。国電国電と口ばしりながら車中で私に東京案内をはじめる始末である。たしかに私はずっと東京で暮らしながら島流しにあっていたようなものだが、外出の機会がなかったわけではない。長崎に住む老人に東京案内をされる理由はない。しかもこの老人がほぼ完璧な抑揚の標準語もどきで喋るのが鬱陶しい。さりとていい加減に聴き流すわけにもいかず、愛想笑いを崩さずに隙を見て、ときどきそっと奥歯を嚙みしめた。

私は漠然と終点東京で山手線に乗り換えればいいと思っていたが、電車が神田のホームに滑りこんだとたんに父は私を叱責し、追いたてるようにして国電を降り、乗り換えを強要した。それから中央線で東京駅まで乗っていこうとした私を投げ遣りであると嘲笑気味になじった。私にとっては父の、あるいは一般人のこうしたごくちいさな効率探究が心底から不快である。もっとも、あれこれ理由を並べあげることはできるが、不快の真の理由は判然としない。

新橋のガード下で飲んだという昔話を聴かされながら辿りついた銀座八丁目、外堀通りに面したホテルの父の部屋はツインだった。無駄の嫌いな父には珍しいことだ。

父は部屋に入ると、しつこくドアロックの具合を確認した。私の視線に気づくと挑みかかるような口調で帝国ホテルの格式、サービスは認めるが、名前が堅いから好みではないと宣(のたま)った。さらに父はその猿顔をにやけさせて未使用のベッドを示し、おまえを泊めてやるわけにはいかないと言った。

泊まる気など端(はな)からないが迎合して肩をすくめてみせた。父は久々に馴染みの店に顔をだすとうれしそうに呟き、私の耳許に顔を近づけて囁いた。

「どうだ。おまえもクラブ活動に参加するか」

*

クラブ活動である。その陳腐さに、私が鬱屈を覚えるのもしかたがないだろう。恥知らずな老人の恥知らずな生命力を反芻しながら苦笑する気力さえなくして土橋の交差点をわたった。信号無視であるが、黄色地に赤い線の入ったタクシーはホーンを鳴らすこともせずに私がわたりきるのを待った。

息子の贔屓目であったかもしれないが、あれこれ批判しつつも私は父がもう少し真っ当にして真摯なキリスト者であると思い込んでいたのだ。ところが私が修道士をやめたとたんに父は私に男同士にありがちな下卑た親愛の眼差しを向けた。偽善さえもかなぐり棄ててクラブ活動などという憂鬱な戯れ言を口ばしった。そのはしゃぎぶりがたまらない。不細工で、無様だ。罪悪感のなさを居直るならばともかく、羞恥心のなさをひけらかすのだからたまらない。しかも、まだ、性行為に及ぼうとしているらしい。人とは枯れないものだ。私はずっと父に重ねあわせて抱き続けてきたインテリ像を単純な好色爺の姿に切り替えた。それが猿じみたいまの父の姿にぴったりと当てはまってしまったので苦笑しかけたが、昏の歪みは笑いにまで至らなかった。

烏森口に抜け、父の言っていたガード下の飲み屋を横目で見ながら彷徨(さまよ)った。私は父を送り終えて、愕然とし続けていた。

私には、やること、が、ない。

それでも鶏肉の焦げる香りや幽かではあるが燗酒の匂いなどを嗅ぎとって、徐々に酒を飲みたくなってきた。しかしまだ明るいうちから早くも赭ら顔を披露しているサラリーマンらしき群れに淆(ま)ざる勇気はもてなかった。ここに集う下々の者たちは、父と同様あわよくば女を抱こうと希う者たちである。疲れた疲れたと連発しながら、過剰なる生命力をもてあましているのだ。父の言うところのチフス菌である。私は彼らに対して微妙に臆してしまう心を欺き鼓舞するために、そんなことを無理遣り考えた。

ガード下の通りから逃げだして、適当な路地に身を潜めることにした。雑踏で突っぱっているよりも、そのほうがよほど気が楽であることにようやく思い至ったからだ。ところどころに除雪した雪が粉塵を纏って黒茶色に染まって小山となっている。息が白く長く吐きだされる。たしかに指先であるとかの末端は冷たく凍えはじめているのだが、不思議と寒さは感じられなかった。乗り棄てられたスクーターのシート上には雪がこんもりと積もって、しかし丸く溶けはじめて危ういバランスをとってへばりついている。人通りの少ない路地裏に潜りこんで、私はようやく肩から力を抜き、ひと息つくことができた。

雑居ビルの前で髪をオールバックに撫でつけた若い男に声をかけられた。化繊独特の軽率な艶のある膝丈の群青色をした防寒コートを着ている。その下は臙脂のチョッキに蝶ネクタイ、そして白いワイシャツだ。寒気に脂気の失せた手を交互に重ねあわせて身を寄せてきた。いかがですかと愛想たっぷりに言うその口許と、斜めに傾いだ蝶ネクタイになぜか哀感を覚えてしまい、私は素直に立ちどまった。

男は皆まで言わずとも諒解済みであろうという眼差しを私の瞳に据え、さあどうぞと背を軽く押してきた。その力加減は抑制がきいていて好ましかった。男は私が階段に足をかけたのを見届けると、いきなり愛想を引っこめ、路上にもどり、客引きを再開した。なにやら調子をつけて呟いているが聞きとることはできない。私は狭い階段をのぼった。吸いよせられたといっていい。危うさを感じなかったといえば嘘になる。しかし、のぼりきれば、新たな世界がある。真剣にそんな思いを湧きあがらせたのだ。

いらっしゃいませ、御指名は。ああ、ございませんか。お客様当店、初めてですか。ではシステム御説明いたしましょう。当店十時から十七時、総額一万円。十七時からラスト、総額一万三千円でございます。お客様運がよろしい。お客様ただいま十六時五十八分の御入店でございます。総額一万円でお遊びになれます。顔射その他のオプションは女の子と直接御商談なさってください。料金は個室に掲示してございますのであくまでも明朗会計です、優良店、新人続々入店中、お好みの娘を選べます。さあ、ごゆっくり。

ところどころ助詞を省いて口上を述べる受付の男に促されて私は一万円札を狭いカウ

ンターの上に載せた。男と視線が絡んだ。腹話術の人形を前にしているかのような違和感を覚えた。

べつの若い男に案内されて待合室らしき部屋に連れていかれた。仕切りのカーテンに手をかけた男の爪のあいだには黒い垢が詰まっていて、それに気づいたとたんに唐突な嫌悪と後悔が迫りあがってきた。私は人工皮革の安っぽいソファーに浅く腰をおろして、男に気づかれぬように吐息を洩らした。

ここはどこだ。

ここはいったいなにをするところだ。

途方に暮れていた。だが、いまさら尋ねることは憚られ、俯いていた。爪の汚れた男はあっさりと背を向けた。受付の男といい、この男といい、彼らは私を人であると感じていない。彼らは私を二足歩行をしながら金銭を運んでくる無害な昆虫といった程度の認識で相対しているのだろう。

私は独り、六畳ほどの広さの待合室に取り残されていた。前屈みになって手を組んでいた。組みあわされた手と手はきつく絡みあってほどけない。それほどに力がこもっていた。いまだに祈ってしまうのだ、私は。孤独を覚えたとたんに条件反射的に祈りの体勢をとってしまう。腹立たしさに顔をあげた。壁面にあるコルク製のボードに貼りつけられた無数のポラロイド写真が視野に入った。

立ちあがった。近づいた。若い女の顔写真だった。縦四列、横七列、計二十八名。無数に感じられたが、たかだか二十八枚だった。私は腕組みをして顔写真を吟味した。写真の余白には自筆と思われるメッセージが極細の油性マーカーで書かれていた。

——百合香です。アタマは悪いけど、気持ちはやさしいのよ。タテにわれたおへそも自慢。かなりのご要望にお答えできまーす。

出勤中の女の子にはバラの花がついています。そんな貼り紙が傍らにあり、百合香の写真の右上には千切れかけたような、くすんだ紅色をしたちいさな薔薇の造花が貼りついていた。その薔薇に指先をのばしたときだ。背後で咳払いが聴こえた。

「いま、テレビ、映りますから」

私は振り返って、テレビと復唱した。爪の汚れた若い男だった。男はちいさく頷くと姿を消した。それとほぼ同時に待合室の左斜め上に据えられた中型テレビのブラウン管が幽かに軋んで瞬いた。意外な光景が映った。どうやら女たちの待合室らしい。青色のカーペットの上に直接腰をおろした彼女たちはスナック菓子をつまみながらなにやら談笑しているようだ。音声はない。映像のみである。店できめられた衣裳だろうか、下着の見えそうな短いスカートを穿いている。この季節に腋窩も露なノースリーブである。彼女たちは総体的に痩せている。意図された痩身であることがなんとなく理解できた。

女たちは映されていることを少しだけ意識しながら、しかしカメラに視線を向けようとはせずになにやら和やかに談笑している。声が聴こえるわけではないが、なんだか統制のよくとれたコミュニティーを覗き見しているかのような気がした。そんな女たちの中に、先ほど壁の写真で眼を惹かれた百合香の姿を発見した。

彼女は膝の上にひらいた週刊誌らしきものに視線を落とし、気まぐれに顔をあげ、なにやら仲間の言葉に相槌をうって拳を咬むようにして満面に笑みをうかべる。その笑みがどこか含羞(はにか)みを帯びていて、眼に心地よい。私は口の中でちいさく呟いてみた。

ブエナ・ビスタ。

すぐに失笑が洩れた。首を左右に振った。その仕草は我ながらどこか演技じみて嫌らしいものだった。しかも寒々としたものが脊椎を這い昇ってきて後頭部に固着し、その重さに私はうなだれそうになった。背後から爪の汚れた男が含みのない声で尋ねてきた。

「お客さん。決めましたか」

私は頷き、百合香の写真を指差した。とたんに無表情だった若者の瞳になにやら揺らめくものを見た。この若者は百合香を好きなのだ。そんな直観がはたらいた。若者は未練がましい口調で、サービスのいいのはこの子でバキュームなんとかの達人である、と眼の下のだらしなく弛んだ女の写真を示した。無視した。

＊

仕切りがわりの緋色のカーテンをくぐると、黴臭い湿気と石鹼、あるいはシャンプーのいかにも安価な香料の匂いが鼻腔に充ちた。充満しているものは、じっとりと粘りつくひどい不潔感だ。しばらく呼吸をするのが躊躇われた。そんな澱んだ空気の中で私は百合香と対面した。

対面してしみじみと思った。今風というのだろうか。染められた脂気のない髪や濃いめの化粧のせいもあるのだろうが、修道院には存在しない姿かたちの女だった。なによりも痩せていた。テレビ画面で観たときよりも実際の彼女はさらに痩せていた。窶（やつ）れているといってもいい。背が高かった。値踏みの眼差しだった。なにやら私を冷徹に計量している風情である。それなのに私の視線は彼女の下半身ばかりをうろついた。やたらと短いスカートを穿いていた。後ろを向けば下着が露になってしまうのではないか。とたんに私の意識は下着という単語で充たされた。下着、下着、下着、下着、下着。剝きだしの太腿から視線をそらし、軽く赤面した。脳裏には毛穴の点々と浮いた鳥肌気味の太腿がこびりついている。百合香の値踏みの眼差しがさらにきつくなった。私の表情を窺っている。臆した私は、狼狽気味に訊いた。

「わけもわからずに入ってしまったんだ」

「はあ」

「ここはなにをするところかな」

値踏みが消えて、怪訝そうに変化した百合香の眼差しが刺さった。異物を見る眼差しだった。しばらく間をおいて投げだすように応えた。

「ヘルス」

Ｈｅａｌｔｈ。健康。なんのことだ。小首をかしげると、百合香が眉間に年増じみた縦皺を刻んだ。露骨に警戒している。私は客引きに従ってしまったことを後悔していた。

ここではなんだから、と百合香が促した。抑揚を欠いた声だった。男たちと同様、百合香も私を人として感じていない。私は彼女の細い O脚気味な脚の膝裏のくぼみを見つめ、俯き加減で従った。

案内された個室は、畳二枚分ほどの広さしかなかった。その個室の大部分を緑色のビニールレザー張りの背もたれのないベンチが占めている。個室といっても隣を仕切る壁は天井にまで至らずに途切れている。私は独白した。

「公衆便所だ」

すると百合香が投げ遣りに口許を歪めた。笑ったのだった。そしていきなり馴れた口調で囁いてきた。あたしも、初めてここに入ったときに、そう思ったよ。

「ねえ、おじさん」

「なんだい」

「ほんとうに知らないの」

「なにが」

「ヘルス」

「ああ。まあ、率直にいって、世棄て人みたいなものだったから」

意外に軽い口調で言えた。闊達には程遠いが、唇は自動機械のように動いて楽に発声できた。百合香が頷いた。うん、うん、と二度頷いた。ぜんぶわかっている、そんな理解の示し方で、いままでのよそよそしさが完全に消えていた。

「おじさん、服役してたんでしょ」

「服役」

「いいのよ。そんなことより刺青、背負ってるなら見せてよ」

「いや、刺青なんて」

「小指はついてるもんね」

言いながら百合香は私の着衣に手をかけた。壁には本番行為を強要した方は罰金百万円という貼り紙がある。殴り書きの百万円という額には現実味が感じられない。脅しのようなものだろうか。真剣味に欠ける。

私も子供ではない。この空間が男女の肉体的交渉を提供する場であることはそれなりに悟っていた。だがヘルスという言葉はいまだに意味不明である。だが百合香は詳細を説明する気がないようだ。

腹を括って百合香にすべてをまかせることにした。その結果、私は、全裸にされていた。手で股間を隠して所在なげに立っていると、百合香は拳を咬んでくく……と忍び笑いを洩らし、あっさりと裸になった。

眼を瞠った。伸びやかだった。いささか過剰に痩せていて腹部など片手で握れそうな気さえしたが、屈託なく育った裸体だった。ただ下着で押さえつけられていた陰毛の毛先が揃って下を向いていて、その不自然な流れに不潔感に近い違和感を覚えた。それでも私の眼差しには賛美が宿っていたのだろう、百合香はどこか得意げに両腕を頭の後ろに組み、ポーズをとってみせた。

「どう」

「うん」

「おっぱい、いいでしょ」

「ああ。綺麗だ」

「乳輪、薄いんだよね。ちいさいしさ」

大きく張って充実しているわりに未成熟な印象のある乳房である。皮膚の下をはしっている血管の蒼い色彩に惹かれた。私は素直に凝視した。

「おじさんの眼って嘘がないよね」

私は面映ゆさを隠して、曖昧に百合香の裸体から視線をそらせた。視線をもどすと百合香は軀に白いバスタオルを巻きつけていた。私は百合香に促されてこの個室よりもさらに狭いシャワールームに案内された。お湯の温度を訊かれた。ぬるめと答えた。熱めと答えて熱湯をかけられるよりも無難だと考えたからだ。

百合香がシャワーを手にとって温度調節をはじめた。はい、という声に軀を向けると、股間に冷水を浴びせられた。飛び退くと、屈託のない笑い声をあげた。

「いきり立ってるからさ、冷ましてあげたの。さすが務所帰り、そそり立ってるじゃない」

私は胴震いしながら、苦笑し、百合香の勘違いを受けいれることにした。修道士崩れが務所帰りというのは象徴主義者がよろこびそうなことだ。百合香がスポンジを泡だて、私の股間をこすりはじめた。泡まみれになるとスポンジを投げ棄て、手指を用いて丹念に洗いはじめた。私は身悶えしそうになり、奥歯を食いしばった。

「いいんだよ、我慢しなくて。時間内なら何度でもオッケーだから」

私は首を左右に振った。それにとりわけ意味があるわけではない。居たたまれないのでいやいやをしたようなものだ。だが百合香は唇をすぼめて思案し、いきなり私の股間の泡をシャワーの湯で流した。それから私は跪いた百合香に腰を抱かれた。

百合香は口中に溢れた私の精を、口をひらいて私に確認させ、それを排水孔に向けて吐きだした。下唇から泡立った私の白濁がとろんと落下していった。私は眩暈をおこし、率直な言葉で百合香を求めた。

「だめなのよ。絶対にだめなの。本番行為は罰金百万円だよ」

「払う」

「百万だよ」

「払う」

「ばかだね、おじさん」

「払うから」

「あたしとそんなにやりたいの」

「そうだ。やりたいんだ」

「とりあえずここじゃだめ」

「なぜだ。百万払えばいいんだろう」

「決まりは守らなくちゃ。ね、おじさん」

「やらせてくれ」

まるで自分の口でないようだ。率直な、しかし切実な言葉がこぼれ落ち、私は悲哀につつまれた。百合香が上目遣いでじっと私を見つめていた。

「ねえ、とりあえずアナルで我慢して」

「あなるとは」

「いいから。オプションであと五千円要るけどさ。おまんこもアナルも似たようなもんじゃない」

あやしながら百合香は素早く私の軀を拭きあげていく。いささか虚脱気味に身をまかせていると、コーヒーの煮詰まったような焦茶色の液体の入ったプラボトルを示してうがいをするか訊かれた。

「なぜ」

「なぜって、いちおう消毒」

「それがＨｅａｌｔｈか」

「発音、いいねえ。巻き舌はいってるじゃない。恰好いい。おじさんてインテリってやつだ。インテリヤクザっていうんでしょ」

私はどのような顔をつくっていいかわからなくなり、子供のように手を引かれてシャワールームから最初の公衆便所じみた部屋に連れていかれた。百合香がビニールレザー張りのベンチにバスタオルを敷いてくれた。私はそこに腰をおろして、驚愕した。

「呻き声がする」

「ああ、隣ね。あの調子だと、兄さん、そろそろ、いくな」

「どこに」

「天国」

失笑する気もおきない。私はあんな声をあげぬようにしようと自らを窘(たしな)める。百合香が大丈夫かと尋ねてきた。

「なにが」

「再度チャレンジ」

私は力を喪っている股間を一瞥した。もう、いいと言おうとした。だがふたたび百合香の奉仕がはじまり、漲らせてしまった。

「おじさん、幾つ」

「四十五」

「ふうん。やっぱ元気だわ。務所帰り」

「務所帰りというのは勘弁してくれないか」

「わかった。ねえ」

「なに」

「飲んで欲しかった？」

「なにを」

「精水」

「聖水」

「そう。ねえ、欲しかった？」

「いや、まあ」

「ごっくんプリーズって言ってくれれば飲んであげたのに。合い言葉は、ごっくんプリーズ。覚えておいて。いま流行ってんのよ、巷では。軽く言うのがコツだよ」

言うだけいうと、百合香は軽やかな笑い声をあげた。その直後だ。隣室の男が爆(は)ぜたようだ。私は百合香と顔を見合わせた。結局は無言だった。いまごろになって聖水が精水であったことを悟ったが、微妙な行き違いを修正しないままに会話は収束し、私は自分の意思がほとんど反映しない身勝手な股間の硬直を見おろしてぼんやりとしていた。

百合香がベンチの上に四つん這いになっていた。取っ手のついた四角いプラスチックケースの中からなにやら粘りのある半透明な液体の入ったボトルをとりだし、その粘液を自らの臀部に塗りこめている。

「今日はまだ一本も迎え入れてないのよね。きついかもしれないから馴らすわ。おじさん、ちょっと指、入れてみてくれる」

私の右手中指にもその粘液をたらすと、百合香は自らの肛門に私の手を誘った。そして、ようやく理解した。

「アナルというのはＡｎｕｓか」

「そうも言うねえ、アヌス。どう違うのかしら」

「アナルはＡｎａｌ、英語だ。アヌスはＡｎｕｓ、ラテン語だ」

「おっ、ラテン語ときたか」

「私はラテン語には馴染みがあるんだ」

「すっごーい。あたし、自分がばかだからさあ、頭のいい人に憧れちゃうんだよね」

ＡｎａｌとＡｎｕｓの講釈をしながらも、私の右手中指は百合香に誘導されて、彼女の直腸内にあった。気負いがなく、ゆるめるのが巧みなのだろう、あるいは排泄器官であるという自覚がないのかもしれない。肛門のいちばん外側外周は見事なほどにすんなりと力が抜けていて、そのほんの少し奥には強烈な締めつけがある。そこを抜けると微妙にして柔らかな拡がりをみせ、さらに中指をほぼすべて挿入すると行き止まりじみた曲がり角に達する。脚を精一杯突っぱるバレリーナのように中指をのばしてその行き止まりをさぐると、そこは指先を絡めとりながら行き止まりではないことをそっと知らせてくる。

「うーん、ちょっと硬いね。いくら使っても馴れないんだよね、アナルって。おじさん、悪いけど、ちょっと指、動かしてくれる、ぐりぐりって」

「いてててて」

私は中指に円運動を与えた。とたんに百合香が声をあげた。

「もう、よそう」

「あ、抜かないで」

「なぜ」

「気持ち、いいんだな、痛いけど」

「性的快感があるのか」

「あるよ。知らないの」

「いや、まあ。しかし、いきなりソドミーとは」

「なに、ソドミー」

「なんでもないよ」

「おしえてよ」

「肛門性交」

「いややわ、お客はん。恥ずかしいわあ、肛門性交やて」

「ソドムとゴモラという街の話、旧約聖書の話だが、知っているか」

「知りません。そんなことより時間が限られてるの。早くソドミー、して」

「あ、はずれた」

「はずしたの。指なんて、うんちだすのといっしょで押しだせるのよ。もういいでしょ、指先探検隊は。早く本身を頂戴な」

「その粘液を塗るのか」

「Zローション。はい。ドウ・イット・ユアセルフってやつですか。自分でたっぷり塗ってくださいな」

口調はどこかふざけたものだが、百合香はあきらかに昂ぶりはじめていた。私は言われるがままに粘液を自らに塗りつけ、てらてらと輝く硬直を見おろして、どうしたものかと途方に暮れた。四つん這いの姿勢のまま、百合香が首をねじ曲げた。思いもしなかった鋭い瞳を向けられて、たじろいだ。百合香の顔がすぐにほころんだ。媚びが溢れていた。

「ねえ、直接塗ったってことは、サックなしでいいってことだよね」

「サック」

「そう。これ」

四角いプラスチックケースの中から避妊具のパッケージを取りだしてみせた。私は漠然と頷いた。百合香が満足そうに頷きかえしてきた。

「あたしは、かまわないんだよ。生でアナルさせるのっておじさんが初めてなんだ。賭けみたいなもんかもしれないけどさ、おじさんとはなんとなく隔てられたくないって感じ」

私がぼんやりと見守っていると、百合香が臀を突きあげた。

「ねえ」

「ああ。そうか。そうだったのか。これはベンチじゃなかったんだ。ベッドなんだ」

「そうだよ。ふたりであれこれするにはちょっと狭いけどさ」

私はすべてを露にさらけだした百合香の背後に跪き、いまだに態度を決めかねていた。百合香が器用に私の硬直に手を添えた。

「あてがって。あてがったら、ちょっと待っててね。力、抜くから」

私は思考不能状態だ。百合香の背後に膝でにじり寄り、そっと先端部をあてがって待機した。百合香のシャッターが収縮と弛緩を交互に繰り返すのをじっと見守った。意図的な弛緩と収縮である。百合香はさらに下腹部を掌で撫でさすり、幾度か音をたてて息を吸い、吐いた。それはじっくりと時間をかけた腹式呼吸だった。

「いいよ。そっと。そっとね」

「ああ」

「う」

「痛いか」

「だいじょうぶだよ。だいじょうぶ。そっとだよ、そっと」

「ちょっと、きついかな」

「平気だって。一気に突いたりしなければ。そっとだよ、そっと。一気は怒るよ」

「半分くらい」

「入った」

「ああ。ねじ切られそうだ」

「あそこなんか較べものにならないでしょ。あたしは酷使してないから、まだまだ締まるのよね。これでオプション五千円は安いよねぇ」

言い終えると、百合香は静かに静かに息を吐いた。それに誘いこまれるように最奥にまで達していた。まるで吸いこまれたかのようだ。私は下腹が百合香の臀にぴたりと密着してることに不思議な感動を覚えていた。

「奥まできたね」

「ああ。奥だ」

「ねえ」

「なんだ」

「子宮が締まるんだよ」

「どういうことだ」

「気持ち、いいの」

「事実なのか」

「なにが」

「だから、肛門が。アナルか。アナルが気持ちいいということが」

「うん。誰にされても気持ちいいってわけじゃないけどさ。好きなひとだと、おっぱい揉まれたって子宮がキュッて締まっていっちゃうことがあるじゃない。それといっしょ。ねえ、おじさん。動いていいよ。動いて。お願い、動いて」

　私は加減して動作をはじめた。円運動に類することは極力控えて、前後動というか上下動に徹する。百合香は四つん這いの姿勢のまま片手を離し、その手で自らの性器に刺激をくわえはじめた。私は彼女のとば口直後の強烈な締めつけになかば痛みを覚えながら、そろりそろりと動作を続けた。

　やがて百合香は外辺の愛撫を切りあげ、膣内に指を挿入した。膣壁と腸壁のあいだはごく薄く、百合香は膣内に挿入した二本の指で直腸内の私の性器の形状を丹念にさぐりはじめた。巧みな技法だった。私はまるでいたぶられ、嬲（なぶ）られる女のように情けなく呻いてしまった。呻き声を抑えられない。すると百合香が哀願した。もっときつく動いてくれという。私は自らが本来の部分に挿入しているのではないということを忘れ去って、烈しく動作した。ただし直線的な動き以外の余計な動作は無意識のうちに避けていた。やがて百合香が、びく、と痙攣した。その背筋に汗がひと息に浮かびあがるのが見てとれた。球状の汗が無数に浮かびあがったのだ。それが私の動作にあわせてくらくらと揺れ、やがて融合して崩れ、一筋の流れとなって脇腹のほうに流れおちていく。その一筋が先駆けとなって、球状の汗はいっせいに崩壊をはじめ、百合香の背を乱雑な銀色に染めて濡らし、流れおち、ベッドのビニールレザーの上に滴りおちる。私は儀式に完全に取りこまれ、そして終局を悟った。押し倒すように密着して吼えた。同時に百合香がそれに負けない鋭い叫びをあげた。悲鳴に近かった。

私は百合香に背後から折り重なって倒れこんでいた。お互いの激しい吐息が綺麗に同調して正確なリズムを刻んでいる。私は強烈な喉の渇きと眠気に耐え、かろうじて百合香の脂気の失せた茶色い髪を撫でた。

「おじさん」

「なんだ」

「凄かった。とうぶんアナルは売れないね」

「売れないとは」

「うん。きっと裂けてると思うんだ。切れちゃってるよ」

私はあわてて抜こうとした。百合香が手をのばして私の腰を押さえた。

「いいの。まだ、中にいて」

「大丈夫か」

「うん。痛いのもね」

「痛いのも」

「うん。うれしいの」

「うれしい」

「そう。ああ、立てないよ、これ。きっと」

百合香は四角いプラスチックケースの中に手を突っこんだ。取りだしたのは金色のちいさな腕時計だ。時刻を確認し、舌打ちをする。そのとたんに壁面のインタホンが時間終了を告げた。百合香は投げ遣りにお客さんあがりますと呟き、するとインタホンの声がふたたび機械的な調子で時間終了を告げた。

「あがりますってば！」

それから独白の口調で言った。

「もう、やめちゃおうかな。こんな店」

私といえば、きつく締めつけられているにもかかわらず柔軟を取りもどしてしまい、百合香が姿勢を変えようと軽く息んだ瞬間に彼女の直腸内から追いだされていた。

「あ、でちゃったね」

「ああ。なんだか寂しいな」

「うんち、ついてないよね」

照れ笑いに近い笑いが頬にこびりついているのを意識して私は無言で頷いた。

「不思議なんだよね。なんか理屈からいったらついちゃいそうなんだけどね、つかないんだなあ、これが」

私は百合香に促されて、おぼつかない足取りでシャワールームにもどった。百合香もひどく気懈(けだる)そうだった。それでも、それなりに私の軀を流してくれ、それから私に抱きつき、きつく密着して囁いてきた。

「あたし、エイズなの」

*

六時に店をあがるという百合香と新橋駅近くの喫茶店で待ち合わせをした。百合香はシャワールームで排便の姿勢をとってしゃがみ、軽く息んで私の精を排泄した。その姿が脳裏にこびりついて離れない。百合香はそれを見せるのがうれしくてしかたがないといった風情だった。私はシャワールームの排水孔に螺旋状に回転しながら吸いこまれていく我が白濁を漠然と眼で追った。

百合香は自分がエイズであると告白しても私がまったくたじろがなかったことに感動していた。どうやらエイズ云々は冗談らしいのだが、これを囁くと男という男は誰でも一瞬、ぎくりとして狼狽の表情をみせるらしい。狼狽は、なぜか笑顔に近いという。

酸味のまさったコーヒーを啜りながら、私は他人事のように自分の状態を反芻した。箍（たが）が外れるという言葉がある。私はまさに箍が外れた状態だ。束縛と、それからもたらされる緊張が失せ、括約筋の千切れた肛門のような状態である。

括約筋の千切れた肛門というのは百合香の言葉だ。百合香は私の身支度を手伝いながら捲したてた。

おじさんは刑務所でバック攻め、されなかったの。大丈夫だったの。そうか。よかったね。以前店にきた筋者が、括約筋が千切れちゃったままでお漏らし状態なのね。紙おむつなんかしちゃってさ。最悪だけど筋者じゃない。きついこと言ったらアオタン喰らっちゃうしさ、あたしは奴が持参したバイブでアナル攻めしてやったんだけどさ。そいつが言ってたよ。雑居房でアナルを犯されたときは、脳天にまでぶちって括約筋が千切れる音が響いたんだって。さすがに涙がでたってさ。おじさんは奴みたいな小物じゃないから犯すほうだったんでしょ。じょうずだったもんな。へたな奴ってこう腰を廻すんだよね。グラインドさせるっていうの。得意がってのの字を書いたりするんだよね。おじさんはどんなに熱くなったって、前に突っこみ、後ろに引いて左右にぶれないもの。一本筋が通ってる。偉いよ。ほんと、おじさん、偉い。なかなかできないことだよ。相当の経験者だよ。はっきり、わかった。やられてる途中で、わかっちゃった。おじさんてすけべだよね。すごいすけべ。いいの。すけべ大好き。おっと、あせって。これじゃ延長料金だな。それとオプションの五千円。申し訳ありません。戴きます。ありがとうございました。延長料金は受付でごちゃごちゃ言われたらサッて払ってあげて。ごねないほうがいいよ。待ち合わせ場所、わかってるよね。そう。そこ。地下だから。ありがとうございました。

私が肛門性交における上下動、あるいは前後動を体得したのは、百合香に指先を挿入して円を描いたら彼女が痛がったからだが、いまになって肛門性交の現場を覗き見したことがあったことを思い出した。そのときはとりわけ意識しなかったが、たしかにスペイン人神父は外来の女性信者の肛門を犯しながら円運動を避けていた。やさしい言葉をかけながら前後にだけ揺れていた。それがほとんど無意識のうちに脳裏に残っていたのだろう。おそらくは、馴れてくれば、つまり締まりを喪ってしまえば円運動も可能になるのだろうが、差しあたりは上下動なのだ。

聖職者の性交は、いわゆるノーマルなもので終息することがない。私が目撃した神父と外来女性信者の場合はまずペニスとヴァギナで交わったあと、感極まりはじめてからアヌスに移動した。私が交わった修道女との場合は、ペニスとヴァギナの摩擦の後、最終的には修道女の口腔内に爆ぜさせていた。

なぜ、膣内に射精しないかといえば、妊娠を恐れるからだ。なにをやってもいいのだが、妊娠だけはまずい。それが結界の内側での最終にして最低限の掟である。稀に膣内を精で充たされてしまったのだろう、いつの間にやらその修道女が修道院から消えることもあったが、そんなへまをするような男はごく少数である。私も含めて、戒律を破るような者は慎重にして小心である。実際の行為に移る前に充分に脳裏でシミュレーションを行っているのだ。遺漏や粗相はない。

もちろん月経時には膣内射精が許されるという程度の知識は持ちあわせている。ところが人間の行動というものは背徳であってもパターン化するもので、私は経血で朱に染まった陰茎を相変わらず修道女の口腔内に進入させ、その中で爆ぜ、ときに彼女を噎せさせていた。

溜息が洩れた。すべての聖職者がこのような行為に溺れているわけではない。私や外来女性信者を犯していた神父のような存在は特別で、おそらくは集団の中に何パーセントか否応なく存在してしまう悪い種子であり、ごく少数の脱落者なのだ。だいたい私自身、相手をしてくれた修道女が召還されてカナダに帰ってしまってからは、清く正しい修道生活を具現化してきたのだ。行為は相手がいなくてはできないことである。たしかに実際的な性的動作の能動性は私にあるが、一方的に私が責められる理由はない。

開き直って脈絡のない自己正当化に励んでいると、百合香が店内に駆けこんできた。

ファッションのことはよくわからないが、羽毛の入った黒いもこもこしたジャケットが痩せた軀を隠蔽している。細身のジーパンがよく似合っていた。踵の高いブーツが床を叩く。私は挨拶がわりに、何時から勤めているのかを尋ねた。彼女は気が向いたときと答え、投げ遣りな口調で付けくわえた。

「店は日の出からやってるのよ」

「日の出から」

「そう。お日様が昇ったら、オッケーなの。そう法律で決まってるのね」

「そんな時刻から、客がくるのか」

「くるよ。おじさんも男なら、身に覚えがあるんじゃない。徹夜明けの疲れマラ。抜いて冷まさないと昂奮が抜けないらしいね」

百合香はココアを注文し、ウエイトレスがさがると、そっと顔を近づけてきた。私の服装が古臭く、垢抜けないと囁く。しかたのないことだ。一応は私有財産と呼べるもののない生活をしていた。着衣はすべて古着である。日本だけでなくアメリカなどの諸外国から援助物資として届く古着がまわってくるのだ。趣味や選択の余地はない。蛇足だが、その援助物資がどういうわけか巷に流出して、若者向けの古着屋の店頭に下がっているらしい。私はそのことに教会が嚙んでいるのではないかと邪推しているのだが。

「務所帰りじゃ、しかたがないか。懲役きめられてたら、どうしても世間とセンスがずれちゃうよね」

「そろそろ誤解を解いておこう」

「あたし、なんか誤解してるかなあ」

「ああ。私は務所帰りなんかじゃない。私は修道士だったんだ」

「なに、それ」

「だから、修道士」

「だから、それってなによ」

「キリスト教の」

「あ、牧師さんか」

「いや、カトリックだから神父だが。いや、その、私は神父でもなくてだね、修道士だったんだ。修道院にいた。ずっと、だ。二十年以上だ」

私は耐えがたい羞恥を覚えて、赤面した。だが、なぜ、しどろもどろになっているのだろう。修道士であったことを説明するのはそれほどまでに恥ずかしいことなのだろうか。それとも修道士であった者がヘルスなる場所に出向き、行為に及んだことが心に引っかかっているのだろうか。私は俯き加減で考えこんだ。羞恥は先ほどの行為とはなんら関係がないと結論した。この恥ずかしさは修道士であったこと自体からおきたものだ。ココアが運ばれてきた。百合香はそのカップを脇にのけ、テーブルの上に頬杖をついた。真っ直ぐに私を見つめる。

「北海道に旅行したときに、トラピスチヌ修道院に行ったよ。マダレナケーキってのをお土産に買ったけど、おいしかったな」

「厳律シトー会だね」

「なに、それ」

「正式な名前だ。厳律シトー会の男子修道院がトラピスト修道院、女子修道院がトラピスチヌ修道院なんだ。俗世から離れ、祈りと労働と聖なる読書に明け暮れる生活を営んでいる」

私はここでいったん言葉を区切った。聖なる読書という言葉が私のお喋りを中断させたのだ。私はいまだに聖なる読書に憧れている自分を発見して、落ち込んだ気分になった。それを隠せずに暗い声で呟いた。

「隠棲して共同生活。祈れ、働け。これが厳律シトー会の標語だよ」

幽かな耳鳴りがした。私はなにを解説しているのか。冷めたコーヒーを口に含んだ。酸味は失せていて、嫌な苦みが舌の付け根に残った。私に厳律シトー会を持ちだす権利はない。私が所属した修道会は世俗にまみれ、穢れきっていた。キリスト教を知らぬ者にとって修道会といえばトラピスト、あるいはトラピスチヌ修道院であり、世俗と一切の関係を断った禁域のイメージがあるはずだ。だが、私の所属した修道会は世俗とまみれることをよしとしているようなところさえあった。言い方をかえればひどくルーズだった。

「ねえ、どうすれば修道士になれるの」

「修道会によって若干の違いがあるんだが、招命を感じたら、つまり神様に誘われていると感じたら」

百合香が割りこんだ。

「ちょっと待ってよ。おじさんて神様に誘われちゃったの」

「いや、なんというか、言葉の綾みたいなものだけど」

私は黙考した。あのときはたしかに神に誘われたような気がした。だが、いまとなっては単なる若気の至りにすぎなかったことが充分に理解される。つまり若者は自身を過大評価して神の声さえ聴くのだ。私は居直った気分で羅列した。

「いいかい。神様に誘われたら、洗礼と堅信の証明書と戸籍、履歴書や身上書、それに健康診断書も必要だったな。それと最終学校の卒業証明書と成績証明書、そして主任司祭の推薦状を携えて希望する修道会の門を叩く」

「なに、それ。まるで一流企業に就職するみたいじゃん。あたしには絶対に無理ですわ」

「いや、これで終わりじゃないんだよ。やはりこれも修道会によっていろいろあるんだが、私の選んだ修道会の場合は最初に半年の志願期、さらに半年の修練準備期、そして一年の修練期、三年の哲学期、最後に実地課程期が二年ある。そうした課程を経て、それで修道士になる」

「大変なんだねえ。日本の坊さんとはえらい違いだよね」

「いや。修行というものは単純に年月などには換算できないものだが。しかし、さらに司祭、つまり神父様になるにはいままでのメソッドに加え、さらに神学期が四年あるんだよ。私は初めから修道士になるつもりだったから実地課程期までだったが」

「ふーん。それでも大変だな。きりがないね。それで、お終いなの」

「いや、その六年後に終生誓願を宣立するんだが」

「どうしたの、語尾が不明瞭ってやつです」

私は笑顔で百合香を遮断する。私はすべての修練期を大過なく切りぬけ、哲学、実地課程期に至るや、形式的なものにすぎないが宗教的適性を発揮しだして、それらを抽(ぬき)んでた成績でクリアして修道士となった。そしてその六年後には盛式誓願、つまり終生誓願を宣立するように管区長から勧められたが、それを曖昧にはぐらかした。なぜ、はぐらかしたのかは、いまだに判然としない。腰が引けていたわけではないが、成りゆきを受けいれるわけにはいかなかった。強いていえば、私には資格がない。私の修道は、私の個人的問題である。内面からのそんな声を否めなかったのだ。

私の態度に失望した上司たちは、最初に送りこんだ修道院付き農場から私を解放しようとしなかった。しかし私は意に介さず、淡々と牧畜と農作業に勤しんだ。私は終生誓願を拒んで二十数年間家畜の排泄物にまみれ、ときに丹精こめて育てた家畜を屠り、ある時期には意識的に貞潔を穢したというわけだ。

「私はね、修道士になったときから、修道士ではなくなっていたんだな」

独白する私に百合香はつまらなさそうな眼差しを向けた。彼女にとっては私が修道士崩れだろうが、務所帰りだろうが大差がないのだ。それに百合香の集中力は性行為以外はおおむね五分程度であるらしい。いきなり私の着衣をなんとかしたいと呟き、服を買いに行こうと言いだした。百合香の私の過去に対する興味は綺麗に消えていた。私は彼女の着せ替え人形にされてはたまらないから、申し出を丁寧に辞退した。

いま、連れ込みホテルはブティックホテルと呼び習わされているらしい。なにがブティックなのかよく意味がわからないまま、それから一時間後、私たちは新宿の連れ込みホテルの705号室にいた。百合香はベッドに仰向けに横たわり、大きく脚をひらいて私に観察させている。こういう体勢をとると、太腿の貧弱さが露骨に目立つ。その太腿の付け根から徐々に皮膚の色彩が変化して、血を吸った蛭のような部分に至る。色素沈着という言葉を脳裏で呟いて、私は観察し続けた。頭上の空調ダクトから熱風が吐きだされ、喉がやたらと渇く。それなのに百合香の潤いは照り輝いて衰えることがないばかりか、さらに横溢しているようだ。その景色は胎内の色彩を含めて発情期を迎えた雌牛となんら変わるところがない。見慣れた光景である。私は百合香の求め、いや哀願を受けいれ、そっと軀を重ねた。私は牡牛になった。発情期の牡牛である。作為は棄てた。

こんな私でも、ひとりの雌を、ひとときではあるが幸福にできるらしい。百合香の啜り泣きが愛おしい。

＊

朧の態度は偽悪的というのだろうか。不作法な立て膝で座って、平服を着たシスターテレジアを従え、口の端に煙草を咥えたまま醒めた笑いを崩さない。開き直りと緊張、そして背後に闘争心と罪悪感を隠しもっているのがよくわかった。

「このあいだはたくさん飲みましたね。しこたま飲んだっていうのか」

あんな極悪ワインのことなど思い出したくもない。あれ以来私は飲酒を避けているほどだ。私は朧を皮肉な一瞥で見やって、なじってやった。

「こんな真夜中に連絡もなく、いきなりやってきて。相変わらず軽率だな。今晩はことのほか冷える。私が不在だったらどうするつもりだ」

「さあ。あまり考えませんでした」

「シスターは身重なんだ。君の行動はいつだって慎重さに欠けるな。まず煙草を消しなさい」

顎をしゃくると、朧は一瞬、子供のように口を尖らせて立ちあがり、キッチンに姿を消した。幽かに水音が聴こえた。私は煙草の先の朱色に灼けた部分が水をかけられてちいさな軋み音をたてて黒く尖って湿るところを脳裏に描いた。

シスターテレジアは座布団がわりに敷いた寝袋の上に膝をくずして座り、膨らんだ腹を左手で押さえて俯いている。私と顔をあわせようとしない。曖昧に視線をはぐらかしている。その体勢のせいで斜めに伸ばされたテレジアの長い首筋が露だ。

私と番(つが)ったヘルスの女も色白で、その薄皮の下に蒼い稲妻をはしらせていたが、妊娠したテレジアの皮膚の透明度は病的だ。凝視していると朧がもどった。朧が私の視線を追った。私は呟いた。

「内臓まで透けて見えるんじゃないか」

自信のなさそうな声で朧が受ける。

「綺麗、ですよね」

「美しい。隠しだてのない肉体だ」

微笑んでやると、朧の頬がようやく安堵でゆるんだ。おまえのような人間の滓でも、受けいれられると、やはり人並みにホッとするようだな。

「朧は人間の滓ではない」

はじめてテレジアが口をひらいた。彼女の私に対する最初の言葉は、朧に対する弁護だった。黙って先を促した。テレジアはふたたび俯き、口を噤んだ。私は遠慮会釈のない眼差しでテレジアを眺め、妊婦とはどのような体位で媾合するべきかを思案した。朧がじっと見つめていた。私は朧に負けない偽悪的な笑みをつくった。うまく笑えたと思う。朧が私の顔を上目遣いで凝視したまま、かたちだけ頭をさげた。

「お願いできますか」

「なにを、いまさら」

「なにをいまさら」

「そう。なにを、いまさら。それが私の答だ。シスターテレジアは、もう、ここにいる。それでいいじゃないか。君はもう帰れ」

朧が咳払いした。なぜある情況における人の行動は、このようにパターン化するのだろう。さらに朧はつくり笑いをうかべ、頭を左右に振った。ふたたびパターンである。

「一悶着あるんじゃないかと」

「なぜ」

「とにかく、こんなにあっさりと受けいれてもらえるとは思っていませんでした。助かります」

すっかり毒気を抜かれた朧の言葉と同時にテレジアが深々と頭をさげた。私は腕組みなどして鷹揚に頷いてやる。他人事のような口調を意識して呟く。

「免疫ができているんだよ。免疫が」

私の笑顔に朧がたじろいだ。私は朧のたじろぐ顔をはじめて目の当たりにした。朧の口が免疫と動いた。声は発せられなかった。訊きたいのだ。免疫とはなにか、尋ねたい。しかし、私は笑顔でそれを遮断した。農場で牧畜に励めば、いやというほど観ることができるはずだ。発情期の獣たちの姿を。その濡れて溢れた雌の性器を。狂おしいまでの性的衝動の発露を。さらに朧、君はいずれ人工受精まで行うのだ。宇川に習え。タネ屋から購入した精液を発情した雌牛の膣内に注入するのは、それなりにスペクタクルだよ。とにかく私には徹底した免疫があった。宗教家はどうしても人間を特別扱いする。だが雌牛と女、なんら差がないことをヘルスなる商売の女との媾合で悟ったのだ。

朧の顔にうかんだ怯みの気配はまだ消えない。私は満足だ。私はこの顔が見たかったのだ。いまならはっきりと言える。この顔が見たいがために私はヘルスの客引きの誘いを断らなかったのだ。

私は腕組みをしたまま、頭をさげ続けているテレジアとたじろぎの気配が頬から消えない朧を見おろした。見おろしたのだ。俯瞰した。それなりに、という注釈が必要かもしれないが、ああ、いい眺めだ。最高だ。

朧に帰るように命じ、私はそっとシスターテレジアに手を差しのべた。

＊ハックスリー『知覚の扉』（河村錠一郎訳）より

刈生の春

　早寝早起き。それに付随する規則正しい生活。それらはある病のようなものではないか。陽が昇ってからいいかげんな眠りにつき、背や首筋に嫌な寝汗をびっしょりかいて寝返りをうちつづけ、だらけた、とりとめのない、しかしどことなく欲求不満を孕んだ夢を観ながら陽が暮れるまで惰眠を貪っていた時代の僕が正常な状態であったと強弁する気はないが、あのころの僕は朦朧として虚ろではあっても、いまのような神経症的健康に冒されてはいなかった。

　やたらと体調がいいのだ。快食快眠快便といった喰う寝る出すがほとんど機械的に、精緻正確にこなされていく。そして、なんとなく僕はそのパターンから逸脱することに微妙な虞（おそ）れを抱きはじめている。

　不規則な生活をしていた時代にものを考えたかというと、もちろんたいしたことは考えていなかったのだが、規則正しくなって、さらにものを考えなくなった。考えられなくなった。

思考はいつだって持続せずに、断片のまま忘却されていく。僕の頭は、僕の網膜に映ったものだけしか認識しない。そんな視覚から得るものはただの情報で、白が障害物をよけるのと同程度の意味しかもちえない。同様に言葉はただの伝達にすぎず、白の吠え声と大差ない。健康、あるいは健全と引き替えに僕は人でなくなっていく。

ところが、人でなくなったくせに、僕はベッドの中で軀を縮め、まだ垂れこめている冷たく厳しい夜の気配に耳を澄ませながら、どうでもいいこと、あるいは幼稚な屁理屈であることを強く意識しながらも、規則正しい生活と不規則な生活との差異について考えることをやめることができない。

規則正しい生活にあるのはにこにこと微笑んでしまうような間抜けな肯定のみだ。規則正しい生活にはケチのつけようがない。ケチもつけられないが、そのかわりに反省の理由もない。つまり阿呆に近い生活だ。

だが不規則な生活にはその不安定さからくる揺り戻しがある。それは唐突な内省と、どこか原罪じみた味のする罪悪感だ。罪悪感の味わいは、健康ばかには味わえない。股間のあたりがむずむずするあの罪悪感は規則性と相容れないというわけだ――。

そこまで無理やり小賢しい屁理屈を捻りだしたのだが、寝具の隙間から侵入した冷気に烈しい身震いを抑えきれなかった。

とたんに覚醒した。

完全に醒めた。

僕は想念を弄んでいられるような情況にない。

舌打ちをした。

分厚く重く、しかも湿った掛け布団を引っぱって肩口から入りこむ冷気を遮断しようと試み、それがうまくいかずにまだ暗い天井にむけて僕は溜息じみた息を吐く。白いはずの吐息が薄闇のせいで銀色に見える。

規則正しい生活と不規則な生活。そもそもこのようなことを問題にすること自体が、生活に倦いている証拠だろう。最近の僕は農場の仕事と生活に強烈な倦怠を覚えているのだ。徹底的に疲労し尽くして、味など二の次で貪り喰い、毎晩決まった時刻に頽れるように眠りにおち、枕に唾液を染みこませて熟睡し、適度に性的な夢など観て硬く勃起させ、定められた起床時間の三十分ほど前には必ず目が覚め、するとさすがにこの人間的逸脱と縁のない動物じみた生活に不安を抱き、作業開始までベッドのなかであれこれ思いを捏ねくりまわし、しかし目覚めたばかりの頭が発酵させる思考なんて規則正しい生活と不規則な生活がどうこうといった程度のものにすぎず、だから目覚めてしばらくすると綺麗さっぱりとそんな悩みらしき断片を忘れ、モスカ神父の言うところのちいさき哲学者はつづれ織りのように精緻に絡みあった思考のかわりにほどよい便意を催し、肛門にほとんど附着のみられない抜群の質と形状をもった物体を排泄する。

作業がいかに過酷苛烈であっても、それが毎日連続すれば弛怠していくのだ。倦きはてて、無感覚になり、規則正しい排便を心地よく感じる機械になり果てる。

溜息まじりに意識的に息を吐く。そのちっぽけな銀色の冷たい噴煙を凝視する。なんだか壊れかけた蒸気機関車になったような気分で、苦笑いがうかぶ。白い吐息ではタバコの煙のように環をつくることは不可能なようだ。口を尖らせて環造りに励んでいるうちに、完璧に目が覚めていた。しかしベッドからでる気にはなれない。寒いからだ。冷たいからだ。まだ午前四時十八分だからだ。

僕の生活は単純なローテーションに組みこまれて、じつに健康だ。そういえばローテーションという言葉には輪作という意味があったはずだ。輪作というのは地力が低下するのを防ぐため、あるいは作物の病気や害虫の発生を避けるための手段だ。性質のちがう作物を人為的に組み合わせて一定の順番で反復させて同じ土地に作付けしてゆく。

僕は農場で働きだしてから、暇にあかせて、それなりに農業の勉強をしているのだ。ばかにはできない仕事、それが農業だ。なぜなら、徹底した自然破壊だから。

ところで輪作の対語は連作で、ところが連作には農業的な意味合いだけでなく、小説や絵画などでは同じモチーフや主題で作品をつくるというような意味があったはずだ。するとなんとなく連作のほうが恰好良く感じられるのだが、農業で連作をすると、その土地は覿面(てきめん)に痩せ衰え、枯れてしまう。その成れの果てが砂漠だ。

「それがどうしたというのだ」

独白は銀色の息を纏って、なかなかにすかしたものだった。恥ずかしくなった。

観念して、ベッドから抜けでる。寒気に髪が逆立つ。中指で弾くように灯りのスイッチを叩く。せまい部屋に電球の黄色い光が光速で充ちるが、電球の光が獲得しているのは超越的な速さだけにすぎず、太陽のように凍てついた空気をやわらげるだけの力はない。腰を屈めて床に脱ぎっぱなしの着衣をまとめて摑みあげる。股引(ももひき)だけを残して、あとはベッドの上に投げる。股引に足をとおす。冷たい。臑毛がいっせいに逆立つ。顔を歪めてこらえて、鳥肌がおさまらないうちにズボンを穿いてしまう。ズボンに染みこんでいる畜生共の便臭、尿臭が鼻腔の奥にまでつんと刺さる。どこか酢の匂いを想わせる。それらは、冷気に負けない強靱さがある。

靴下は木綿の軍足で、ここ数日穿き続けている。汚れた靴下につきものの、あの蒸れて腐敗発酵した悪臭はもともとが自分のものであるせいと、冷気のおかげでほとんど気にならないが、生地に染みこんだ湿気が白く凍りついて硬くなっていた。手の中で直立して微動だにしない軍足を左右に振って苦笑した。今朝の僕の部屋は氷点下にまで温度が下がっていたのだ。静けさや湿った靴下凍る朝。一句ひねって、悲しくなった。

いいのだろうか、こんな凍った靴下を穿いて。大げさだとは思いつつも、凍傷の不安を覚えた。不安をどこかに押しやるいちばんの方法は、なにも考えないことだ。僕は俯きかげんで身支度に邁進した。

身支度を終えると、小指の先をつかって目頭をほじる。薄黄色の糸を引く目脂を藍色の防寒ジャケットになすりつける。いつも同じ場所、左手首近くになすりつけるので、こびりついた目脂がそこだけ白黄色に固まってわずかだが盛りあがり、雑なグラデーションになっている。その上にこすりつけられた真新しい目脂は、まるで膿だ。

埃の多い職場である。とくに乾燥しきったこの時期は土埃だけでなく、固着して乾ききった糞便などが北風に舞い、ときに竜巻となって迫ってくることもあるほどだ。農民を写した写真などで充血した眼をしている者が多いのは、この埃のせいである。もう口の中に糞便尿臭といった諸々が充ちみちることには馴れきって気にもならないが、いつのまにか眼球に入りこんでくる埃を避けることはできない。おかげで目脂がひどいのだ。目覚めても眼が満足にあかなかったりするし、北君などは慢性的に結膜炎を患っているようなところがあり、作業にやってくる収容生たちにその巨人症的体格ゆえにプロレスラー扱いされてミスター・トラコーマなどという奇妙な揶揄をうけている。

粘つく目脂を千切れさせることなくするするとうまく取りさることは、快感だ。しかし粘液を想わせる良質の目脂がとれたのは目頭だけで、僕の瞼は、とくに目尻にかけては、なかば乾いた目脂で雑に接着されていた。どうりで視野がやたらと狭かったわけだ。僕は眼球まわりの清掃に集中した。かなり手間取った。廊下を足音が近づいてきて、遠慮がちな声がドア越しにとどいた。

「朧君、起きたか」

控えめな声だ。宇川君だ。僕は手の甲で眼のまわりにこびりついて乾燥しきっている目脂をこすりながら生返事をする。

「あいよー」

目脂がフケのように落ちていく。幾本か、睫毛もいっしょに落ちていく。くるくる回転しながら落ちていく。一瞬、見惚れていると、また宇川君の声がかぶさった。うるせえな、いま――。

「行くよー」

「北君が起きないんだ」

「ぶっ殺せ」

「ははは。北君て、死なないと思うんだ」

「鈍感だからな」

「死んでも、それに気づかないで飯を喰うタイプ」

北君が死んでも飯を喰うタイプならば、宇川君は生きているときから死んだらお供えをしてもらえるかどうかを気に病んで衰弱死してしまうタイプだ。さすがにこれだけいっしょに生活していると、宇川君がどのような性格なのかわかってきた。彼をまとめてしまえば、根深い神経症と、それに伴う不完全な暴発ということになる。つまり、宇川君は、けっこう僕に似ているのだ。

凍ったドアノブに触れたくない。だが開かないわけにもいかない。ドアをひらくと、真ん前に宇川君の顔があった。宇川君の顔は浮腫(むく)んでいた。寝不足っぽい顔だ。眼のまわりに焦燥と疲労が青黒くこびりついていた。まるで化粧をしたみたいだ。いいな、と思った。寝不足。人間の条件であり、僕が失ったものだ。僕は彼の左頬に引っぱられて千切れそうになった海星(ひとで)のように穿たれた傷痕(ケロイド)を一瞥して訊く。

「寝たりないみたいだ」

「まあね」

「なぜ」

「なぜって、朧君は寝られるのか」

「うん。ベッドに入って二分くらいで死んじまう」

「羨ましいな」

「悩みでもあるの」

「ない」

否定しながらも宇川君は微妙に視線をそらした。ますますもって人間的ではないか。

僕はといえば、宇川君の悩みを追求する気など毛頭ないから、首をねじ曲げて自分の股間に視線をおとす。毎朝のことながら、じつに見事である。いわゆる朝勃ちというやつで、作業ズボンの股間が二等辺三角形に突っ張れている。

「しっこ、たまってる」

言ってから、幼児性の滲んだ口調が恥ずかしくなった。宇川君は僕の股間に視線を据えて苦笑した。なんだか眩しいものでも見るかのような視線で、奇妙に老成した気配があった。宇川君は、ときどきこんな眼差しをする。たいして歳もちがわないのに、白内障でも患っているかのように濁った眼差しをする。僕は農場で働く前までは、老人仮面をかぶって得意がっているようなところがあったが、宇川君は、じつは老人で、若者仮面をかぶっているのかもしれない。

僕は尿意をこらえきれず、両手で股間を押さえたままよたよたと廊下を駆け、宿舎の玄関口に立ち、慌ただしく触角を露にした。亀頭の表面、薄皮が一瞬冷気に怯んだが、充血器官本体は脈打つ硬度と熱を保ったまま、凍てつく大気をものともしない。勃起のせいで尿道が狭くなっているのだろう、小便の出は悪いが、それでも盛んに湯気があがり、やがて僕は体温を喪って胴震いする。宇川君が北君の部屋のドアを蹴りとばす音が背後で響いた。耳障りなのに心地よい音だ。だから上向きにきつく角度がついて排尿向きの姿でないにもかかわらず、半眼のまま無我の境地にとりこまれ、淡々と、長々と排尿を続けた。

最後の雫を振りきって。

僕は自分の股間を凝視した。排尿し終わったにもかかわらず、屹立して妥協がない。冷気に陰茎をさらしながら、僕は唐突な性的欲求を覚えた。

ここしばらく、やってない。

いれてない。

挿入してない。

こすってない。

射精していない。

教子。

テレジア。

だしたい。

膣のなか、いっぱいに。

僕はきつく握りしめていた。もう少しで自慰に移行するところだった。背後からとどく北君のぼやき声に我に返り、あわててしまった。それでもパンツのなかで、きつく突っ張り膨張緊張しきって揺るぎない。根元に痛みに近い緊迫が宿っている。

横に北君がやってきて、放尿しはじめた。北君の触角も見事に屹立していた。だから小便は噴水のように上向きに跳ぶ。その放物線を描いた先は球状の滴となり、さらにその先は吹きすさぶ寒風に煽られて霧にかたちを変え、夜の暗がりにとりこまれて曖昧に消えていく。

僕はパンツのなかでおさまりのつかない充血器官を意識して、北君の横顔を窺う。北君は僕が排尿していたときと同様、眼を閉じていた。うっすらと眼を閉じたまま、かわりに口をじつにばかっぽくひらいて前後にゆらゆら揺れている。船を漕ぐとはよく言ったものだ。僕はなんとなく笑った。とたんに性欲は霧散して、柔軟になり、おさまっていた。僕は安堵した。

起床四時半、まだ、暗い。農場の一日がはじまる。玄関口をふさいでいる僕と北君の横を宇川君がすり抜け、小走りに胡桃の木の下まで行き、排尿をはじめた。小便が幹を濡らし、だらだらと流れおちていく。白が宇川君にまとわりつく。排尿にあわせて宇川君の肩から徐々に力が抜けていくのがわかる。断続的に吐きだされる白の息がその白い体毛にまとわりついている。珍しく白が綺麗に見えた。宇川君がいきなり軀の向きを変え、白に小便をひっかけた。僕たちは後ろ向きに跳ねて驚愕した白を指差して声をあげて笑い、しかし笑いは途中で薄ぼんやりとかたちを喪っていき、なんとなく玄関口を離れて仕事をするかという気分に変換された。

宇川君は凍える耳朶を手で押さえ、前屈みになって胡桃の木の先、北側にある牛舎に姿を消した。白は小便まみれの顔をかしげて丹念に舐めている。白は脚しかなくても、舌が手だ。僕は両手をポケットにつっこんで身を縮め、それなのにだらだらと北君のあとにぴたりと追従して歩く。風避けである。僕は揺れる北君の巨大な背を視野の片隅におさめながら、宇川君だけが勃起していなかったことを反芻し、途中で右に折れた。

北君の担当である豚舎は、いちばん奥まったところにある。僕の担当する仕事場はその前だ。鶏舎のドアを蹴りあける。鶏舎内で佇む僕の耳は北君の履いているゴム長靴が荒い舗装のコンクリの地面をこするざらついた音をとらえつづけている。凍える朝ほど、音が綺麗に伝わるものだ。

鶏舎内の飼料置き場に入っても、しばらくは作業を開始する気になれない。いつものことだ。独りになると眠気がぶりかえして、北君ではないがしばらく船を漕いでいる。半分眠りに墜ちこみながら、ここで立ったまま眠ってしまうと凍死するぞ、などと大げさなことを思う。意を決して、黒いエボナイト樹脂製の古臭い電灯のスイッチを押しあげる。飼料置き場に、あの黄色い光が落ちてくる。だが僕の部屋の五倍くらいも広さがあるし、天井が異様に高いので、光は充ちることなく、影の勢力のほうがはるかに強い。

鶏どもは、まだ赤黒く血色の悪い鶏冠をしおれさせ、微妙に羽毛を逆だてて空気を含ませ、軀を丸めて眠っているはずだ。器用な奴はその顔を羽毛のなかに埋め込んでいたりする。僕が餌の準備をはじめるとおもむろに起きだして、わさわさと軀を揺すって糞臭い羽毛を撒き散らすのだが、それまではその眼を覆った爬虫類じみた白い瞬膜を閉じきって、凝固して動かない。

牛舎では牛の乳房を拭いて清潔にし、同時に刺激を与えて乳の出をよくするために大量の湯を使う。そればかりか巨体を誇るホルスタインの群れの放つ体温は、牛舎の温度をかなり高めている。

豚舎にある大竈は火を使う。豚に喰わす残飯の腐敗をごまかすために火をとおすのだ。北君の朝一番の仕事は、竈の火をおこすことだ。ところが現在の鶏舎にはまったく火の気がない。熱源が一切ないのだ。

現在の鶏舎と断ったのは、昨日の午後までは育雛（いくすう）のための木製のボックスがあり、その中に電熱電球が仕込んであったからだ。ヒヨコは卵から孵って最初の一週間はその住環境温度を摂氏三十三度ほどに保たなければならない。そのために保温が必要なのだ。そして一週間ごとに三度ずつ温度をさげていき、外気温と温度が一致したときに給温をやめる。この保温のおかげでボックスの上にかぶさっている蓋がわりの木枠に麻布を張りつめた部分に手をあてがうと、じんわりと暖かかったのだ。

いまは残念ながらヒヨコが順調に生育し、保温も不要になり、金網でつくられた籠であるバタリーに移したばかりというわけだ。ヒヨコどもの頭にはまだ血の気の失せた肌色をしてはいるが鶏冠の片鱗があらわれはじめ、すらりと背も伸びて、いまでは健気に身を寄せあって寒気に耐えている。ちなみにヒヨコを群れで飼うと、ヒヨコ同士でその尻を突っつきあい、傷を負わせあい、ある場合には肛門から大腸を突っつきだしてしまう、あるいはお互いに体毛を喰いあって丸裸になってしまうという悪癖が必ず出現する。狭い檻に群れで閉じこめられるストレスのせいだろう。それを排除するためにヒヨコの上嘴三分の二、下嘴のほぼ三分の一を電熱線を利用した断嘴（だんしき）器で切り取るいわゆる断嘴を施したばかりだ。

僕はヒヨコたちを暖めていた電熱電球のぬくもりを懐かしく思いかえしながら、中空にむけて白い息を吐いた。もちろんここ飼料置き場には幼年部から盗んだ電気ストーブを隠してあるが、それのスイッチを入れてしまったら、お終いだ。作業をする気になれなくなってしまう。ストーブを抱いてうたた寝をしてしまうにきまっている。北君は燃えさかる竈の前にバケツを裏返しにしたものを椅子がわりにして置いて、前傾姿勢で座り、よく居眠りをしている。髪の毛を焼いたこともある。宇川君でさえも湯のなかに手を突っ込んだまま湯気を髪や眉にまとわりつかせて恍惚の表情で寝息をたてていることがある。律儀で健気な僕は、ストーブを隠してある場所に視線さえむけない。

痩せ我慢には幾ばくかの快感が含まれているものだ。それを凌駕するばかららしさを感じてもいるが。僕は脳裏でストーブストーブストーブストーブストーブストーブと呪文を唱えながら餌箱の前に立つ。

餌箱は手作りだ。相当の年月を経て、角など丸みをおびている。そこにあらわれた年輪の楕円には奇妙な存在感が宿っている。餌箱はかなり巨大なものだが、どこか日曜大工を思わせる稚拙な、芸のないかたちをしている。そのフォルムは大昔に路地裏などに据えてあったごみ箱を極端に巨大にしたものにちかい。飼料置き場にはそんな巨大ごみ箱が並列して三つ並んでいる。くみあい飼料とふすま、そしてその双方を混ぜあわせて調合したものが、それぞれ、そのごみ箱におさまっている。

くみあい飼料は乾燥した玉蜀黍の黄色が鮮やかで、なにやら凝固した血の塊を連想させる焦げ茶色の実も目立つ。すべては細片ではあるが、それなりに重量があり、これが鶏にとって栄養になるんだな、と納得させられる質量もある。

ところが隣の餌箱におさまっているふすまときたら、信じ難いくらいにとりとめがない。僕の鼻息程度でもぱふぱふと舞いあがってしまうくらいに重みに欠け、しかもなにやら漬け物臭い厭らしい匂いがある。ふすまは小麦の皮の滓であり、廃物だ。漬け物臭いのは、微妙に腐敗発酵しはじめているせいではないか。少し前に試みにふすまだけを鶏に喰わせたら、とたんに産卵率が四割近く下落し、しかも卵の黄身から微妙に黄色が失せて、ティッシュにしみこんで乾いた精液を想わせる曖昧な色彩ばかりが幅をきかせるようになった。

じつは、くみあい飼料には黄身を鮮やかに発色させるための色素が混入されているという。色素だけではない。はなから抗生物質がたっぷりとまぶされているし、玉蜀黍をはじめとする諸々には野放図なまでに農薬が染みこんでいるそうだ。飼料の原材料は、ほとんど全てが米国からの輸入で防虫剤、防黴剤、防腐剤等々がまぶされていて、それらを数えあげていくときりがないらしい。飼料用穀物はとりあえず人間様が喰うわけではないというわけで、なんでもあり、というわけだ。

ふすまにも農薬が染みこんでいるのだろうが、なんといっても廃物であるから、その量はくみあい飼料ほどではないのだろう。だから時間がたつと漬け物じみた発酵臭が漂うのではないか。

でも僕にはそれがいい匂いだとは感じられない。扱うときには必ず顔をそむけている。薬物まみれのくみあい飼料の凛とした冷たさのほうがずっと好ましいのだ。虫も喰わないくみあい飼料、と名言を吐いたのは宇川君だ。ふすまの中には得体の知れない蛆虫がときどき散見でき、虫が生きていけることを証明しているわけだが、それでも拒絶の塊であるくみあい飼料のほうが僕には馴染む。

三つめの箱にはくみあい飼料とふすま、そして蠣殻（かきがら）を混合したものがおさまっている。くみあい飼料と蠣殻を混合したものだけを与えればいちばん産卵率があがるのだが、現実問題としてコストとの兼ねあいがある。くみあい飼料は高価なのだ。そこで増量剤としてふすまが混入される。手頃な雑草が手に入らない冬季には否応なしにふすまの混合率が高まり、鶏どもはどことなく不服そうに混合飼料を啄み、やがて鶏冠の色や毛艶もくすんでくる。

僕は混合した餌の中に腕を肘まで突っ込んで、その激烈な冷たさを皮膚で味わっている。混入させたふすまが舞いあがると噎せるので顔をそむけ気味にして、呼吸は控えめだ。なぜ、こんなことをしているのか自分でもよくわからない。ただ、じっとしているだけなのだが、すっかり毎朝の癖になってしまっている。これで心が落ち着くのだ。冷気が強烈でさすがに居眠りは不可能だが、僕はこの瞬間にほとんど自分が誰だか忘れてしまうくらいの幸福を味わっている。

唐突にヘテローシスという言葉が脳裏を掠めた。日本語に訳すと、雑種強勢ということになる。この鶏舎にいる鶏は全て四元交雑種の実用鶏だ。

生物は遺伝的に違った形質を持つもの同士で交配を行うと、その一代目の雑種はしばしば両親よりも強健で発育がよいという現象があらわれる。これがヘテロだ。なぜそうなるのかは、わかってない。とにかく長い歴史を経たなかであれやこれやを実験的に交配させ、人類は農作物や家畜に対して経験的にヘテローシスを利用してきたわけだ。

たしか染色体の中で対をなす二つの遺伝子の両方の作用が同じ場合をホモというのだが、ホモの遺伝子は致死遺伝子やこれに近い劣性の不良な遺伝子をもつことが多いそうだ。しかしヘテロ性の高い雑種ではこれらの遺伝子の発現が抑えこまれるのだという。

僕はべつにホモの男が嫌いではない。どのみち生殖とは無縁になってしまったらしい人間の性だ。異性愛ばかりが全てではないと理性的には納得できる。しかし、ホモはなんとなくヘテロに負けてしまう。感覚的にホモはヘテロには勝てない部分がある。

僕は早朝の冷気を吸いこんだ鶏の餌に腕を突っこんで凍えさせて、遺伝子学本来のヘテロやホモから逸脱して性行為としてのホモやヘテロに思いを馳せる。それにしてもホモやヘテロという言葉は伊達ではなかったのだ。遺伝子学の裏付けのある言葉だったのだ。

「だから、なんなんだ」

声にだして呟くと、とたんに飼料に腕を突っこんで恍惚としている自分が阿呆に思えてきた。勢いよく腕を引きぬく。ふすまの細片が舞いあがり、僕は顔をそむける。爪のあいだは当然のこととして、腕に生えている毛に飼料が絡んで下膊が真っ白だ。しかも毛にまとわりついた飼料の細片が肌の湿気を吸収するので、まるで天花粉を掃いたようにさらさらだ。夏であるなら、さぞ心地よいことだろう。だが、いまは真冬だ。ひどい震えがきた。軀を動かさないとまずい。

「凍死しちゃうぜ」

大げさなことを口ばしりながら、台車を動かし、餌箱に寄せる。台車には米軍放出の合成樹脂製の弾薬箱が載っている。カーキ色の弾薬箱に餌を移す。いつもどおりの手順である。眠っていてもできる。だからまったく意識せずに餌箱から餌を移している。

腕を動かしていると、自分の腕が巧みに作動しているという実感に、なんとなく頬がゆるむ。関節や筋肉が滞りなく作動しているのを確認するのは心地よいものだ。肉体労働の愉しさだ。もっとも愉しさを感じるのは当然ながら軀が疲労する前までで、疲労してしまえばその単純な動作の反復に呪いの気持ちを抱く。

餌を満載した台車を押す。リヤカーで残飯を運ぶのとは比較にならない軽さだし、僕は日々の作業で実用的な筋肉を纏っている。だから軽々と作業開始だ。バタリーのある、つまり鶏たちがいる鶏舎本体は、飼料置き場と接続されていて、ドアは作業効率を考えてロック機構がなく、だから台車をドアにぶつけて押しこめば、ひらくようになっている。

鶏舎に入って、異常を感じた。

呼吸にあわせて微細な羽毛が鼻腔に侵入してくる。鶏糞の匂いが徐々にたかまる。そこまでは毎朝感じることなのだが、音がない。

異様に静かだ。

鶏どもが例外なく凍ってしまったかのようだ。僕は闇に眼を凝らす。ふすまを前にした僕ではないが、鶏どもはあきらかに息をころして身じろぎもしない。

まだ夜は明けておらず、僕は手探りで鶏舎の灯りをつける。

「え——」

と、短く声が洩れた。絶句してしまったというのだろうか、僕が放てた声はこれだけだった。

バタリーに移したばかりのヒヨコだが。

全て頭がなかった。

バタリー内部に転がっているのは無数の胴体だ。血塗れの胴体だ。

ヒヨコであるから出血はたいしたことがないのだが、さすがにその全てが首を切断されているのでコンクリートの床にまで血が盛りあがっていた。

そっと腰をかがめて血の様子をさぐった。まだ完全に乾いてはいない。外気温が外気温であるから冷たくなってはいるが、凍りついてもいない。

眠気など失せた。今回購入したヒヨコの数は百三十。その全てに首がないのだから、大殺戮である。凄まじいものだ。無茶苦茶だ。丹精こめて育てていたヒヨコだ。それが全て殺されていた。しかも尋常な死ではない。腕組みをして呆然と立ちつくしていると、成鶏どもが餌をくれと騒ぎはじめた。どうやら成鶏どもは僕の姿を見て安堵したらしい。

おまえら、なんでこんなことになったか、知らないか。

おまえら、見ていたはずだろう。ヒヨコの首をもいだ犯人を。

僕はおろおろしながら鶏舎内を歩きまわった。超自然現象までをも可能性のなかにいれて、原因をさぐって歩いた。腰をかがめて糞の様子まで見た。異常はないようだった。なにをしていいかわからないので鶏舎内を幾度もまわった。奇妙なことだが、僕は身の危険を感じていた。表現不能な圧迫を覚えていた。背にうっすらと冷たい汗さえうかんでいた。ひとことでいってしまえば、それは恐怖ということになる。

なぜ、ここまで怖いのか、よくわからない。たかがヒヨコの首なし死体ではないか。そう自分に言いきかせるのだが、僕はだらしなく狼狽えて、なかば強引に自分が殺人者であると胸の裡で言いきかせ、虚勢を張る始末である。

だが虚勢はあくまでも虚勢にすぎず、精神の安定をもたらしはしない。ふと気づくと首が肩のなかにめり込んだような前傾姿勢で雑然と、しかもパタパタとせわしなく歩きまわっていた。呼吸さえ浅くなっていて、僕は無理やり失笑をうかべてみたりもしたのだが、満足な笑い声さえでてこない始末だ。僕は気持ちを落ち着かせるために、ヒヨコの雌雄に思いを馳せた。

当たり前のことだがヒヨコは全て雌である。卵を産まない雄は、鶏として存在することが許されないのだ。だから雄は初生ヒヨコの段階でぶっ殺されてしまう。

生卵をあつあつの御飯にかけて、朝御飯。長閑な日本の朝食だが、そのおいしい卵は無精卵で、産まれたとたんに抹殺されてしまう哀れな無数の、いや無限といっていい数の雄の怨念が籠もっている。

おもしろいことに孵化したばかりの初生ヒヨコは天の摂理というべきか二、三日のあいだは腹のなかに黄臥とよばれる卵黄が残っているのだ。この卵黄が栄養源となるため餌も水もとりあえず不要だ。だからこの卵黄がお腹のなかにあるうちに種鶏生産鶏舎から一般の鶏舎に運んでしまえばヒヨコを飢えさせずに、しかも多数羽をコストを抑えて輸送できる。そういうわけで養鶏はその卵の孵化する時期まで緻密に計算されている。最近はコンピュータを導入して、ますます緻密さに磨きがかかっているそうだ。こういった事柄は、何事も経済に支配されているということを示す素晴らしい例だ。僕はマルクスという人の考えたことが農場にきてよく理解できるようになった。命とは、じつは経済だったのだ。

問題は輸送前だ。鶏の雄は、存在理由がないので抹殺しなければならない。選別の手間があるわけだ。卵から孵る全ての鶏が雌であるように遺伝子操作ができるようになれば、鶏卵の価格はもう一段階下げられるのではないか。

ともあれ今の段階では手練れの技術による雌雄鑑別に頼るしかない。生まれたばかりのヒヨコの総排出腔を指で拡げてさぐると、雄のヒヨコには退化交尾器官である小突起がある。これで雌雄を鑑別して、雄は抹殺されてしまうというわけだ。真空状態にして殺すときいたが、事実はどうなのかは知らない。だがガスを用いるといった余計なコストはかけないにしろ、鶏の雄はいつだって例外なくアウシュビッツ行きということだ。で、アウシュビッツで殺された雄ヒヨコの死骸は、いったいどうするのだろうか。途轍もない量であるから、単純に廃棄するにしてもかなりのコストがかかるのではないか。

なにしろ生ものである。放っておけば腐敗する。おそらくは、ヒヨコの内にあるホルモンなどを抽出するシステムがあって、化粧品などに化けるのではないか。あるいは満足な骨もない状態ではあるが、骨まで砕かれてペットの餌になる。僕はそんな推理をしているのだが、どんなものだろう。全てはコストとの兼ねあいだろうから、ただ単に焼却処分されるにすぎないのかもしれないが。

僕は腕組みをして鶏舎内をせかせかと歩きまわる。卵を食べる者のいったい誰が完璧に抹殺されてしまう雄の運命について思いを馳せるだろうか。僕だって雄が全て殺されてしまうことは知っているが、だからといって動物愛護精神に火がつくわけでもない。でも、動物愛護を口ばしる人の食卓に出向いていって、あなたの召しあがっている目玉焼きは、無限大の雄の死によって成りたっているんですよと囁いてやりたい。動物愛護を口ばしる人に家畜は生き物なのか、どうなのかを、じわじわと嫌みを交えて問いかけてみたい。とても愉しいひとときになるだろう。そんなことを空想しているうちに、なんとなく気分が落ち着いてきた。もともとが途轍もない殺戮の上に成りたっているのだ、養鶏は。生命の尊厳なんてどこにもありはしないのだから、たかだか百三十程度の首なし死体でおろおろするのは愚かだ。奇妙で短絡的な納得のしかただが、妥協することにした。

ヒヨコのバタリーにもどってきて、その脇に置きっぱなしの傘型育雛器の陰に無数の首があることに気づいた。

あった、あった。切り離されてみると、なんとも貧弱なヒヨコの首だ。

もう昂ぶりは醒めていたから、淡々としたものだ。

残念ながら、どれもおなじ顔に見える。人間のような個性は、ない。ころころとちっぽけな冷たくちいさく硬い塊だ。全てが申しあわせたように白い瞬膜を閉じて、つまりきつく眼を瞑っている。

僕はしゃがみこんで傘型育雛器の下に隠された生首をつまみ、数をかぞえた。九十二個あった。百三十引くことの九十二、イコール三十八。首は三十八たりない。

「三十八個か」

こんな数字になんの意味があるのか。指先が血で汚れていた。意外に鮮やかな緋色だ。ほとんど無意識のうちに口に含んでいた。血の味らしい味はしなかった。人間の血のようにくっきりとした味わいはない。とくに鮮烈な鉄錆の味が欠けている。幽かな酸味だけだ。

どうしたというのだろう。血を味わっているうちに僕は悲しみを覚えていた。醒めているはずなのに、悲しいのだ。たかがヒヨコである。しかも丹精こめて育てていたとはいいがたい。それどころか宇川君たちに残酷なところがみせたくて、断嘴器でヒヨコの眼を焼いてつぶしてみせたりもした。

それなのに、悲しいのだ。涙こそ流しはしないが、僕は打ちのめされて、九十二個の首で出来あがった小山の前にしゃがみこんだまま、しばらく動くことができなかった。先ほどの恐怖や狼狽とはまったくべつの感情に、僕はどう対処していいかわからなくなっていた。

気を取り直して立ちあがったのは五分ほどしてからだろうか。しゃがみこんでいたせいでズボンの背のあたりが捲れあがり、冷えてきて、耐えられなくなったのだった。

僕はちいさく溜息をつき、作業ズボンの背にアンダーシャツを押しこみ、腰をかがめて首をひとつ摘みあげた。首はゴルフボールほどの大きさもなかった。ようやくあらわれはじめた鶏冠からは薄い肌の色さえ失せて、奇妙に青褪めていた。そんな生首を僕は中空にむけて軽く放りなげ、それを掌で受け、また投げてを繰りかえして鶏舎からでて、牛舎にむかった。

糞掃除をしていた宇川君が振りかえった。生首を放った。瞬間的に宇川君は糞をすくうシャベルを脇にのけ、生首を受けた。

「朧君、これはやりすぎだよ」

「僕じゃない」

「じゃ、誰」

「わからない」

「どういうこと」

「バタリーのなかのヒヨコの首が全部なくなってたんだ。バタリーのなかには胴体だけが残っていて、首は育雛器の傘になってる下に隠されていた。九十二個あったよ。三十八個はどこにいったのかわからない」

宇川君が首を投げてかえした。僕は左手でそれを受け、サウスポーのぎこちなさを意識しながらふたたび宇川君に投げた。そんな具合に僕と宇川君は首のキャッチボールをしながら鶏舎にもどった。

バタリーのなかに散乱する胴体と、僕が床に集めた首の小山を交互に見て、宇川君は即座に断言した。

「猫だ」

「猫」

「野良猫だ」

「そうかな」

「まちがいない。野良だよ」

「猫も遊ぶのかな」

宇川君が眼だけ僕にむけて、小首をかしげた。僕はなぜか宇川君の瞳にたじろいでしまい、釈明の口調で言った。

「いや、なんていうのかな。あきらかに愉しんでるじゃない、この景色って」

「こういうのを景色っていうのか」

呟いて、宇川君が苦笑した。僕は口の中でブエナ・ビスタと囁いた。宇川君は怪訝そうに僕を見たが、なにを言ったのかを追求する気はないようだ。

「朧君」

「なに」

「愉しんでるんじゃないよ」

「そうかな。僕には愉しんでいるようにしか見えないけどな。殺戮を愉しんでる。殺戮って、愉しいじゃない」

「習性だよ。成鶏どもは猫がなんであるか知っている。おっかない生き物だってことを、あのちっぽけな頭で理解している。大きくなるまでに、必ず幾羽かは仲間がやられているからね。ところがヒヨコは無防備で、無知で」

「北君みたいだな、無防備な無知」

「まあね」

　宇川君が醒めた眼で僕を一瞥した。僕はつまらないことを口ばしってしまったことをきつく意識して愛想笑いをかえした。宇川君が続けた。

「北君のことはおいといて、野良猫は飢えている。成鶏はやすやすと餌になってはくれない。ところがヒヨコはなにも知らないじゃない。だから猫が迫ると好奇心でバタリーから顔をだしてしまうんだ」

「仲間が首をもがれてるのに、それでも、まだ首をだすのか」

「まあね」

「隣で首を切断されている瞬間にも、檻のあいだから、なんですかーって顔をだすのか」

「そういうことだね」

「百三十羽いたんだぜ。百二十九人死んじゃっても、最後の一人は、なんの学習もしないわけか」

「赤ん坊って、そんなもんだよ」

「そんな、もんかな」

「そんなもん。だからお母さんがいて、補助してくれるんじゃないか」

お母さん。意外なひとことだった。僕は唐突に酸っぱい気分になって、だから不機嫌になった。

「宇川君は記憶があるか」

「お母さんのことか」

「うん」

「ない」

「いることは、いるんだよな、僕たちにも」

宇川君は黙って頷いた。僕は念押しをせずにはいられなかった。

「僕たちにもお父さん、お母さんは、まちがいなくいる。こうして存在しているんだからな」

「存在ときたか。朧君は、なにを考えているんだ」

「なにをって」

「いや、僕は最初のうち、朧君が何者であるかを見誤っていた」

僕は狼狽する。僕だって宇川君が何者であるかを微妙に見誤っていたという自覚がある。だから頭をさげた。

「ごめん」

「なにを謝る」

「いや」

僕は宇川君の頬の傷に視線をはしらせ、曖昧に笑う。

「ともかく僕にも宇川君にもお母さんがいたことは、確かだ」

「うん。会ってみたいなあ」

「会いたいか」

「会いたいよ。最近は、とくに、ね」

「なんで」

「だって僕を生んだお母さんだぜ」

「宇川君は、記憶さえない女に会いたいのか」

「いいじゃないか。記憶の問題じゃないよ。僕はお母さんに会いたい」

「会って、どうする」

「べつに」

「僕は、どうでもいいや」

「朧君は拗ねているけれど、いちばんお母さんを欲しがっているんだよ」

「そういう小説じみたことは言わないでほしいな」

「小説じみたことかな」

「うん。気のきいた言いまわしは、みんな小説だ」

「朧君は、断定のしかたがおもしろいよね」

「なんのこっちゃ。それより、これ、どうする」

ヒヨコの生首九十二個を指さすと、宇川君はなぜか頭をかいた。

「僕が判断するのか」

「年長者だもん。おなじ年長者でも北君はちょっと、ね」

「やれやれ。いいかげんに責任者をよこしてほしいよね」

なかばどうでもいいと思いながらも、僕は雑に頷いた。

赤羽先生が農場を去ってから一月ほどたつ。しかし修道院側は新しい先生を農場によこそうとはしない。詳細はわからないが、監督者がいなくても僕たちだけでそれなりに農場が動いていくので、新たな人員を差しむけなくてもすむだろうと考えているようだ。実際的に北君はともかく、宇川君は農場を充分に背負って立つだけの知識と実力があるし、僕も図書室で農業関係の書籍を読みあさっているおかげで、まだ実技的には不充分ではあるが、耳年増的能力はかなりのものになりつつある。少なくともなにもする気のない北君よりは、僕のほうがましになりつつある。

僕はしゃがみこんで、育雛器の陰に丁寧に隠されていた生首九十二個をとりあえず袋に入れることにした。たまたま手近にあった空き袋がふすまの入っていた袋だったので、その匂いに顔を顰めてしまった。

生首は百近くあるので、いかにちっぽけでもそれなりに重みがあり、量感があった。

僕は時期はずれのサンタクロースになり、ふすまの漬け物臭い匂いのする袋を肩にかついだ。せっかく隠蔽したのに、こうして運びだされてしまって、さぞや野良猫はがっかりすることだろう。サンタの僕は、少しだけおどけて宇川君に訊いた。

「どうする、これ」

「喰わせるか」

「誰に」

「豚」

「いいのかな」

「新鮮だから喜ぶよ」

「うん。良いアイデアだ」

「よし。豚舎に行こう」

「行こう、行こう」

なぜ僕たちは、浮かれ、はしゃいでいるのだろう。僕はちいさく首をかしげたが、宇川君はそれに気づかなかった。宇川君に従って鶏舎から出かかると、餌をまだ貰うことができない成鶏たちが、いっせいに、不服そうに僕を見つめた。その動作は、なんだか知性のようなものを感じさせた。瞬きも満足にできない奴らなのに、なにかが乗り移ったかのようだった。

豚舎に行くと案の定、北君は船を漕いでいた。肉厚で大きく深いアルミ製のバケツを裏返したものを椅子がわりにして巨体を胎児のようなかたちに丸めて、竈の焔の前でうたた寝だ。

宇川君は一瞥して、しかし一切の感情をあらわさずに北君の脇をすり抜けた。僕がかわりにアルミのバケツを思い切り蹴った。僕の蹴りは相変わらず見事で、バケツだけが鈍い銀色の軌跡と金属音を残して真横にスライドした。バケツが消滅して、達磨落としの要領で北君は尻餅をついた。

「なにをするんだ」

「眠ってるんじゃねえ」

「寝てないさ」

「ただ火にあたってただけか」

「そうだ」

「北君がこうして火にあたっていて、ちゃんと餌をやらずに作業が遅れるせいで、僕たちは毎朝手伝わされてるんだぜ」

「鶏といっしょにしないでほしいね」

「豚舎の仕事のほうが大変だっていうのか。手伝ってもらうのが当たり前だっていうのか」

「そのとおり。オフコース」

「なにがオフコースかよ」

「朧君だって昔はバタリーのことをバタリ、って言ってたじゃないか。バタリ。死体が倒れるんじゃないんだからさ。バタリーを日本語だと思ってたんだろ」

図星であったから、しかも会話が微妙に噛まずにすり替えられてしまったから、僕はこの巨人を心底から殴りたくなった。拳を握りしめたときだ。宇川君が僕を呼んだ。僕は北君を横目でみてから、宇川君のところに駆けた。宇川君が黒ボスと呼ばれているランドレース種の親分を指して囁いた。

「飢えてるぜ。あげちゃえよ」

「火をとおさなくていいのか」

「かまわないだろ。新鮮だもん」

「まあ、新鮮だっていえば新鮮だな」

「新鮮だよ」

「黒ボスだけにやるのか」

「それは朧君の気分だよ。朧君の首だから」

「僕の首か」

「そう。君の首」

「凄いことになったな」

「早くあげなよ。うるさくてしかたがない」

確かにうるさい。豚どもの鳴き声、あるいは雄叫びか、いや悲鳴は尋常ではない。磨きあげた窓ガラスを発泡スチロールでこすっているような音が鼓膜に刺さる。この鳴き声だけで僕は豚という生き物をあまり好きになれない。食欲の権化どもだ。

「やっぱり平等を心がけたいな」

「九十二個だっけ」

「うん」

「豚って何頭いるんだっけ」

「わからない」

「北君には訊きたくないな」

「うん。適当に、平等に」

「適当な平等か」

「適当な平等。厳密な平等は、じつは不平等だから」

「朧君は変な理屈がうまいよね」

「褒めてんの」

「褒めてるの」

僕は苦笑いした。急に面倒になって黒ボスの餌箱にふすま袋をむけ、九十二個全てを放りこんだ。九十二個たちはころころと、やたらと軽率にコンクリでつくられた黒ずんだ餌箱のなかで踊った。

ヒヨコ程度の頭骨でも、頭蓋骨といっていいのだろうか。黒ボスの茶色がかった巨大な乱杙歯が頭蓋骨を嚙み砕く音が意外な大きさで響いた。僕は内心、ヒヨコたちの頭骨がせいぜい軟骨めいたものであると決めてかかっていたので、その意外に威圧的な音に、少しだけ驚きを覚えた。

「ばりばりいってらあ」

「いい音だね」

「そう思うか」

「うん。朧君は、どうだ」

「まあ、ね」

「煮え切らない」

「豚って肉食獣だったんだな」

「雑食って言えよ」

「なんか猛獣じみてて、嫌な気分なんだ」

僕と宇川君は申しあわせたように腕組みをして、九十二個を喰いちらす黒ボスの薄汚い背中で逆だって揺れる体毛を見つめた。糞で汚れ果てたその軀だが、見事な張りだ。どんな美女も栄養のゆきとどいた豚の肌の張りにはかなわない。豚は、案外と美しい生き物なのだ。揶揄され、物笑いのタネになりがちなその鼻だって、常時鼻水を垂らしている無様さをのけて冷静に観察すれば、舌なめずりしたいような桃色をしている。

「朧君の言うことはわかるよ。豚の欠点は、やはりその異常な食欲だよね」

「なんでも鼻息を荒くして喰いちらすじゃない。まるで自分の姿を見ているようだ」

「人のものを食べる姿って、汚らしいかな」

「うん。最悪だよ。だから礼儀作法っていうのかな、飯を食うときにあれこれ恰好をつけるんだと思うよ」

「朧君は本質について考える人だね」

僕は一瞬呆気にとられた。先ほどと同様、褒め言葉と受けとればいいのだろうが、なんだか苦いものがすり抜けていって、落ち着かない気分だ。

「宇川君」

「なに」

「僕はそんなふうに見えるのか」

「考えてばかりいる。なぜ、考えるのかな」

「宇川君だって考える人だ」

「ちがうよ。僕は、悩む人だ」

「なんだよ。僕には悩みがないっていうのか」

「あるのか、悩み」

「ない」

「ないだろう」

「うん。ない」

「才能だね」

「うれしくねえや」

僕の呟きに、宇川君がうれしそうに含み笑いを洩らした。九十二個はあらかた食い尽くされて、いまは七、八個といったところだ。僕は宇川君を促した。踵(きびす)を返すと、北君はふたたびバケツを椅子がわりにして船を漕いでいた。僕も宇川君も居眠りをする北君を無視して豚舎の外にでた。今後一切、豚の餌やりを手伝ってやる気はなくなっていた。宇川君も、そうだろう。

「朧君。鶏たちが腹を空かしている」

「そうだね」

「手伝うよ」

「うん。ありがとう」

「あ」

「どうしたの」

「朧君。けっこう抜け作だ」

「抜け作ってことはないじゃんか」

「首なんかどうだっていいんだ。あんなちっぽけなもの、たいしたものじゃない。問題は胴体だよ。どうするの、バタリーのなかに残された胴体」

こんどは僕が、あ……と声をあげる番だった。そうだ。首にばかりこだわって、バタリーのなかに残された百三十個の胴体についてはきれいに失念していた。肉の量といい、始末に負えなさといい、胴体の処理のほうがよほど重要だ。

人は、やはりなによりも首にこだわるものなのだろうか。それとも、たまたま僕だけが首にこだわったのだろうか。ようやく明けてきた東の空に視線をやって苦笑する。苦笑いしたつもりなのに、烈しい胴震いがおきて、笑いはどこかに消えてしまった。一日のうちで気温がいちばん下がっているという実感があった。宇川君が背後で囁いた。

「午前の作業中に時間をつくって、竈で煮よう」

僕はしばらく黙りこんでいたが、ゆっくりと振りかえった。

「また、喰わすのか」

「うん。棄てるのはもったいない。でも豚しか喰わないよ、あんなもの」

「そのとおりだね」

「棄てちゃってもいいんだけど」

「リサイクル」

「そういうこと。いくらなんでも豚だって生のままじゃ喰わないと思うんだ。茹でなければね。面倒くさいね」

「まったく」

鶏舎にもどると宇川君が無言で成鶏たちに餌をやりはじめた。僕はバタリーのなかに折り重なる首なし死体を取りだし、しばらく思案して育雛のための木製のボックスに首なし死体を放りこみ、蓋を閉めてから蠣殻の入った袋を重石に載せた。野良猫は隙を窺ってふたたび忍びこんでくるだろう。奴に喰いちらされないための配慮だ。

「園長に話して、またヒヨコを買いこまなければならないね」

「うん」

「やれやれ」

「朧君」

「なに」

「僕が話すよ」

「いいの」

「いいよ。タネ屋さんのこととか、廃鶏にほとんど値段がつかなかったこととか相談しなくてはならないことが幾つかあるし、僕が話をつける」

「すまねえなあ」

「いいってことよ、御同輩」

「あっしにできることがあったら、なんでもおっしゃってください」

宇川君がなんともうれしそうに笑った。すると僕までうれしくなってきたではないか。はしゃいだ気分だ。

北君は竈の前で眠り続けているのだろう。僕は宇川君といっしょに牛舎に入った。牛たちの軀から盛んに湯気があがっている。ひどい湿気だ。しかし、それ以上に牛舎内の暖かさに安堵する。ふと感謝の気持ちが湧く瞬間だ。

だが、いったい誰に対する感謝の気持ちなのだろう。視線を斜め上、ひょっとしたら天と呼ばれる方向にはしらせて、それから僕は牛糞掃除専用のスコップを手にとる。糞掃除はあまり楽しい仕事ではないが、宇川君は鶏舎の作業を手伝ってくれたのだから、僕はせめて糞にまみれなければならない。

　僕が糞掃除をはじめると、宇川君が眼で訊いてきた。まかせておけと眼で応え、雪かきのときに用いるスコップと同様の形状をしたスコップで牛糞をこそげていく。牛糞の香りは嫌いではない。草食動物の糞は柔和だ。大量ではあっても強圧的なところがない。大量にたまった牛糞の場所に踏みこんで作業をすると、ゴム長靴が踵からじわりと糞のなかにめりこんで、まるで妊婦の腹を踏んづけたような感覚がある。僕は踏んづけたことがあるのだ、妊婦の腹を。僕は胎児を殺してしまおうと考えて妊婦を横にして、その腹に踵をめりこませた。ところが騒ぐものとばかり思っていた妊婦が、じっと身動きせずに耐えているではないか。胸の上に手を組んで。これではまるで聖女である。気高い自己犠牲の姿だ。なんだか僕は自分が行おうとしていた行為の焦点がぼけて、くすんで、惨めに潮垂れてしまったのを感じたものだ。シスターテレジア。どうしているのだろうか。

　宇川君が乳搾りをはじめた。ほとばしる乳がアルミのバケツの底に勢いよくぶちあたり、爽快な金属音をたてる。僕は牛糞を掬って台車に放りこむ。今日も軀が見事に作動している。僕という肉体が滞りなく作動している。糞掃除さえ愉しいのだから、やっぱり僕は健康なのだろう。とりあえず肯定しておこう。悪くはない、と。

ふと気づくと牛舎の入り口の曇ガラスに白の前脚がかかっているのが見えた。僕は糞掃除を中断してドアをわずかに開いてやった。白がすり抜けるようにして牛舎内に入ってきた。牛たちは白に馴れているので見向きもしない。寒さに逆だっていた白の体毛がだらしなくたるんだ。僕は腰をかがめて愛嬌を振りまく白の頭を撫でてやり、宇川君がその顔に小便をかけたことに思い至った。乳搾りに専念している宇川君を一瞥してから、僕は白の鼻先を軽く弾いた。

＊

午後三時、疲労と倦怠が頂点に達する時刻に宇川君が鶏舎にやってきた。僕は不定愁訴にちかい倦怠をむりやり抑えこんで、作業にやってきている生徒数名に人を刺したときの様子を、具体的には脂身が刃物に絡むそのねっとりむっちりとした抵抗感を微に入り細をうがつといった調子で、かなり悪趣味に、しかも大げさに語り、自慢していた。だから宇川君の思い詰めた表情にしばらく気がつかなかった。

「どうしたの」

「うん」

「なにかあったのか」

「まあ」

「どうしたんだよ」

「うん。その」

「煮え切らねえな」

「半煮えに見えるか」

「煮られる前の五右衛門かな」

「朧君も古いね」

僕は宇川君を小突こうとして、宇川君が年上であることに思い至り、その手を曖昧に頭にもっていき、とりあえず側頭部をぼりぼりと掻いてごまかした。倦怠をもてあましてはいたが、生徒たちを相手に裸の王様状態であったので、僕は微妙な抑制を忘れていたようだ。宇川君を小突いてはならない。絶対に。冗談まじりの表情を普段の顔にもどすと、宇川君が真剣な眼差しを僕に据えた。

「きてくれるか」

「糞掃除だけは片づけてしまわないと」

「きてくれよ」

「いくけど、いきっぱなしはいやよ」

身を捩って、黄色い声で意味もなくおどけてみせる。とたんに生徒たちが破裂するように笑った。奴らは僕が笑えという意思をこめれば、どんなつまらないことにも大笑いする。なにかを盗んでこいと顎をしゃくれば、なんでも盗んでくる。もちろん丁寧に鶏糞を掬えと命じれば、ひたすら鶏糞を掬う。操縦自由自在だ。彼らは僕の眼の色を窺い、その意思を先取りしようと夢中になっている。

だがガキをよろこばせてなにになるというのか。相変わらず僕はハメルーンの笛吹野郎だ。僕はなんとなく迫りあがってきた自己嫌悪を隠して彼らに向き直り、抑えた声で囁いた。

「人を刺したときの脂身の様子は、わかったか」

「わかりました」

「じゃあ、脂身まんこって知ってるか」

「知りませんよお、そんな」

「あとで教えてやる」

「ひぇー」

生徒たちが申しあわせたように奇声を発してのけぞった。僕は彼らのなかでもいちばん目端の利く奴に糞掃除をするように命じた。彼は誇らしげに頷き、仲間に作業をはじめるように声をかけた。そこへ豚舎の作業を手伝っていたジャンが駆けもどり、僕とその生徒を交互に見て、不服そうに口を尖らせた。

「ジャンが糞掃除を監督するか」

「あ、糞掃除ですか」

「そう」

「いいですよ」

「僕はここからいなくなるぞ」

「いなくなる」

「そういうこと」

永遠の別れか、と勘違いさせられるほどにジャンは悲しい顔をする。僕は愛しさに負けてしまう。まったくだらしがない。

「ジャン。こい」

「はい」

僕は眼で宇川君に訊く。かまわない、と宇川君が首を縦にふる。ジャンはまだ施設の生徒ではあるが、卒業後も農場で働くことが既定の事実となってしまっている。ジャン以外にも六人ほど、今年の卒業生のなかには農場と木工所に残る者があるという。悪さをしてこの施設に閉じこめられた生徒たちは解放のときをひたすら待ちわびて、それどころか脱走を試みることもままあるのだが、修道院に残ることを希望する者がこのように複数名以上になるなどということは、いまだかつてなかったことだという。

宇川君に従って牛舎に向かう。ジャンが偶然を装ってその股間を僕の臀に触れさせた。もちろん着衣の上からであるが、あきらかに硬直させているのがわかった。僕はすっと振り返り、ジャンの鼻を指先で弾いた。ジャンはこうされることをひどく嫌う。それって、白に対する遣り口でしょう。そう、唇を尖らせる。

しかし、いまはじっと凝視して、なにも言わせない。ジャンは視線をおとして、ごめんなさいと口の中で呟くようにあやまった。宇川君が立ちどまった。

「どうしたの」

「ホモ野郎がおいどんの臀に、ちんちんをば押しつけたでごわす」

宇川君がにやっとした。ジャンの肩を抱きよせるようにして囁いた。

「冷たい朧君なんか放っておいて、僕と愛しあおうぜ」

僕はジャンがどんな顔をするか観察していた。ジャンは満更でもなさそうに照れ、僕の顔色を窺った。僕は頷いてやった。

「ジャン。宇川君と愉しめ」

「いいんですか」

「その気なくせに、とぼけるんじゃねえ」

「ふふふ」

含み笑いには奇妙な色香が滲んでいた。色香を色香として素直に受けとるにはひどく抵抗を感じてしまう複雑な色香だ。僕は努めて苦笑をつくり、波立つ気持ちをごまかす。ジャンといると、あれこれ気持ちをごまかさなければならないことが多い。ジャンとの付きあいには、いつだって戸惑いがまぶされている。

僕は宇川君の耳朶が真っ赤に色づいていることを背後から観察し、ちいさく肩をすくめた。宇川君はジャンとの行為を空想しているのだろう。居たたまれないような不安定さを愉しんでいるのだろう。

ジャンのせいだろうか。いつのまにか焦点がぼけていた。宇川君はずいぶんと深刻な表情をして僕のところにやってきたのだが。しかしなんとなく肩を並べて先をいく宇川君とジャンの仲の良さに対して臆してしまい、僕は鞄持ちのような気分でふたりの後に従っている。

これでは、まずい。べつにジャンを宇川君にとられてしまってもどうということもないが、宇川君はなんらかの事件、あるいは困った出来事がおきて僕のところにやってきたはずだ。それなのに宇川君はジャンと愛人のように触れあっている。許せない。

僕は自分の思考が錯乱して筋道をたどることを放棄しはじめていることを悟り、ジャンが宇川君に張りついていることに嫉妬していることを自覚した。

なんだ、僕は同性にも嫉妬できるんじゃないか――。

それは、あたりまえのようでいて、不思議な感覚だった。鶏舎でジャンに吸いつかれれば迷惑だと眉間に縦皺を刻んで、それでも鷹揚なところをみせ、しゃぶらせてやっているのだと傲慢に構えて反りかえっているのだが、こうしてジャンがべつの男と親しく身を寄せていると、異性に対する嫉妬以上の烈しい気持ちの乱れがおきる。なにやら胸苦しく立ち昇る嫌なかたちの焔が僕の内部にあり、呼吸のたびに胸が鞴の役目をして、焔がますます燃えさかり、しかし息を止めてしまうわけにもいかないから、どうにもそれを制禦できずに狼狽え気味だ。

僕は表面上は淡々とした顔つきで、色味の薄い青空に視線をやり、なんとなく眼を細めたりしている。しかし肌が波立っていた。

数日前のことだ。起床直後に宿舎の玄関口で排尿していたときだ。唐突に性的欲求不満を覚えた。眩暈がおきそうなほどに教子やテレジアと交わりたいという衝動を覚えた。だが僕はそのあと教子に連絡をとってその軀を求めたわけではない。性的衝動は排尿時の直後だけで、すぐに霧散してしまったからだ。脳裏に描いたテレジアに至っては、その瞬間は鮮やかであったが、いまではその面影も不明瞭で、現時点では性的対象としての役目を果たすこともできない。

テレジアのことはともかく、教子との関係が疎遠になったのは気候的な条件が大きい。つまり寒冷なこの時期に野外で性交をするのはなかなかにつらいということだ。

しかし、ほんとうのところは、宇川君にまとわりつくところを意識的に僕に見せつけるこの悪魔小僧が、毎日、必ず僕を搾りあげ、吸いつくし、虚脱させてしまうせいで、僕の軀の中に精の余剰がないのだ。

馴れというものは恐ろしい。僕はジャンにあれこれされることに馴れてしまったのだ。そして行為は単なるローテーションに堕落して、しかし脳裏では純粋に性を愉しむというよりは、変態的行為であるという自覚を反芻し、動物的な反射的快感に知性らしきものまでをも動員して色づけをし、なんらかの物語を脳裏で物語り、それで放物線的な加速をものにして、僕はジャンの口腔内に濁った粘液を炸裂させて弓なりに反りかえり、大きく呻く。炸裂の瞬間には瞼の裏側に極彩色の光が充満する。そう、僕は炸裂の瞬間に意識的に眼を閉じている。閉じた瞼の裏側の光は、女の内部で炸裂するときの脳裏で爆ぜる白金の輝きとは桁違いの毒々しい色彩だ。

ジャンとの行為は全てにおいて自覚的だ。つまり作業にちかい。ローテーションのよろこびだ。馴れからくる安逸だ。馴れて、狎(な)れて、腐りはじめて、ところが腐臭が快感を加速するものだから、僕はジャンの頭に手をやり、その巻き毛を弄び、地肌をさぐり、射精の瞬間には意識的に爪さえ立ててジャンの咽喉最奥を突く。

我に返ると、牛舎脇に十ほど並んだ太い土管の前だった。サイロである。宇川君は唐突に醒めたのだろう、邪慳にジャンを押しもどし、僕のほうをむいた。

「朧君。サイレージが切れかけてる」

「どういうこと」

「だから、牛に喰わすサイレージがほとんどなくなってしまった」

そういえば錘（おもり）の石はサイロの土管のなかに落ち込んでしまっているし、サイレージの発酵にともなうあの熱気がまったく感じられない。宇川君の顔にあらわれたのは、痛ましいほどの深刻だ。

「適当に草でも喰わしておけばいいんじゃないの」

「夏ならば、ね」

宇川君がサイロの錘の石をのけようと軀を突っこんだ。石が沈みこんでいるから、体勢が不自然だ。かなり苦労している。滑稽に見えた。だが、シートがはずされ、土管のなかの内容物を示されたとたんに呆気にとられた。

見えたのは地面だった。いや土管の底を固めた黒ずんだコンクリートだった。そこには申し訳程度にサイレージがこびりついてはいるが、本来は濃い緑色をおびた褐色のサイレージが、死んで、陽射しに灼かれて萎みかけた蜥蜴（とかげ）の死骸じみた黒色に変色して、その漬け物くさい匂いさえほとんど喪っていた。

「他のサイロも空ってわけか」

「そうなんだ」

「なぜ、もっと早く言わない」

「言ってどうなる、ってところかな」

「言っても無駄だったのか」

「無駄。この季節、サイレージに用いる牧草はほとんどないし、玉蜀黍に至ってはゼロだから」

「まあ玉蜀黍は夏の作物だよね」

「そういうこと」

ジャンは僕たちの深刻さがわかっていないらしく、なにやら鼻歌をうたっている。ラテン語だ。その旋律がタントゥム・エルゴであることに気づいたとたんに、僕はジャンに殺意を覚えた。

「おい、聖歌ばか」

「はい？」

「聖歌ばかと言ったんだよ」

「それは、ないでしょう」

「リクエストだ。サルヴェ・レジナを歌え」

ジャンの痩せた首、その喉仏がぎこちなく上下したのがわかった。僕が一歩前に進みでると、ジャンは後ずさり、顔色を喪って、口のなかではっきりとしない調子で歌いはじめた。

「さるべれじなちぇりとぅむおおおまりあ」

「泣くことはないだろう」

「もう、歌えません」

「場の雰囲気ってものを悟れよ、ばか」

「すみません」

宇川君が取りなした。

「ジャンはまだ十五だぜ」

「年齢の問題じゃないと思うんだ。脳味噌の質の問題だよ」

「ジャンに悪気はないしさ」

「悪気がないのが、いちばん悪いんだ」

「朧君はなんでジャンにそんなにつらくあたるんだ。ジャンは君にとことん懐いているじゃないか。君といるときにだけ、心から安らいだ顔をしているじゃないか。つまらない虐めはよしなよ」

「虐め」

「そう。あきらかに虐めだ。ジャンが可愛くてしかたがないんだろう。だから虐めてしまうんだ」

僕は失笑した。我ながら、わざとらしかった。羞恥に覆われた。だから腹が立った。ジャンの後頭部を加減しないで突きあげた。空手でいう掌底で強打した。ジャンはだらしなく地面に膝を突いて転がった。背後からの打撃で軽い鞭打ち症のような状態に陥っているのだろう。僕は転がって泣いているジャンを見据えた。

「サルヴェ・レジナ」

「さるべれじなちぇりとうむおおおまりあ」

転がって涙を流し、しゃくりあげながら歌うジャン。その血色の唇には小砂利が計算されたかのようにまぶされて、ダイヤモンドを埋めこんだようにみえる。僕はジャンから視線をはずして小首をかしげる。

「そんな歌詞だっけ」

呟いて、僕は脳裏でメロディをつけて反芻してみる。サルヴェレジナ　マテルミゼリコルディエヴィタ　ドウルチェドエトスペスノストラ……あきらかに違う。同時に意味も満足にわからないラテン語をなぜかカタカナできっちりと記憶している自分に苛立ちを覚えた。

「僕が間違えて覚えたのかな、歌詞」

宇川君が受けた。

「ジャンのほうが、ちがうんじゃないの」

「じゃあ、こいつが歌ってるのって、いったい、なんなんだ。おおおまりあ……ときたもんだ。サルヴェレジナのあとは、まったくべつもんになってるぞ」

「ラテン語なんてどうでもいいよ。猿みたいにローマ字読みで仕込まれて、わざとらしいボーイソプラノだ。思い出しただけでもぞっとする。ジャンの創作のほうがよっぽど宗教的だ」

「宗教的、か」

「そうだよ。宗教的だよ。率直な祈りがあふれているよ。ったく、どいつもこいつも、ジャンのように天真爛漫に歌ってみろっていうんだ」

意外な剣幕だった。まくしたてると、俯いた。悩める宇川君は瞬きをせず、眉間には老人じみた縦皺が刻まれている。僕は迎合して訊いた。

「そういえば宇川君は最近、ミサにでていないね」

訊きながら、僕はジャンの腋窩に手を挿しいれ、抱きおこし、立たせた。宇川君が醒めた表情で言った。

「ミサか。神様がうざったくてさ」

「うざったいか」

「最悪。なにがカトリックだよ」

「なにを怒ってるんだ」

「だって、のうのうとしてやがる」

「神様がか」

「いや、ちがう」

「じゃあ、カトリックが、か」

「そう」

「それは神様がうざったいというのと、ちょっとちがうんじゃないかな」

「神様はうざったいよ。あるいは見放してしまったのかもしれないけど、現状打破を考えるなら、ばかなカトリック信者を焼きつくしてしまわないと」

「焼きつくす」

「そう。焼きつくして、消滅させてしまう。つまりほんとうに神様を信じているものだけの世界をつくる」

「でも神様は沈黙しているから価値があるんだぜ」

「朧君は、狡いカトリックとおなじことを言う」

「狡いか」

「ああ。狡い。最悪だ」

どうやら、ここにも信仰に真剣になった真実のカトリック信者があらわれたようだ。僕は宇川君と赤羽がオーバーラップするのを漠然と感じた。

僕にいわせれば、信者、つまり信じる者の条件は、従うことではない。苛烈な疑義を呈することだ。神に、長に、目上の者に誠実に思いの丈をぶつける。つまり、ただ単純に信じるという安楽な狡い境地、怠惰という悪徳に逃げこまないことだ。言われたことを素直に信じて擦りよるだけならば、白にだって信仰が持てるというものだ。それは猿の宗教であり、犬の宗教だ。いやカトリックは羊の宗教だったか。

とりあえずカトリックはいつのころからか人の宗教ではなくなってしまったのだ。人の宗教ではなくなること、それが宗教的成熟というものであるのだろうが、それなりに血の気の多い真剣な奴には役立たずではあるだろう。僕にいわせれば、いまのカトリックは、あるいは既成の宗教は、真面目に塾に通った記憶ばかのもの、つまり受験生向きの宗教だ。どういうことかというと、じり貧である、ということだ。僕はいささかの鬱陶しさを覚えながらも宇川君に尋ねる。

「どうすればいいんだ。狡くないクリスチャンになるためには」

「迎合するな」

「迎合するな、とは」

「唯一絶対の神様を信じているなら、なぜ、共存するんだ」

「共存、共栄、民主主義なんてそんなもんじゃないの」

「宗教で戦争が起きないのって、日本くらいじゃないか。長閑なもんだね」

僕は掌底を叩きこんだジャンの後頭部をさすり、ボクシングのトレーナー気分で、打撃のせいできつく固まってしまった首の筋肉をいいかげんに揉みほぐしてやりながら、宇川君をじっと見つめた。

宇川君がこんなことを考えているとは思いもよらなかった。つまり僕は宇川君を侮っていた。どちらかというと優秀な記憶ばかであるというふうに分類していたのだが。そんな僕の思いを見透かしたかのように、宇川君が呟いた。

「誰も、誰も神様を信じていないんだ。だから仏様と一緒くたになってしまったってべつにかまわないんだよ。天皇陛下と一緒くただって、どうってこともないんだ」

なるほど。唯一無比にして絶対、全能のお方が仏様や陛下と一緒というのは潔癖な宇川君には許せないだろう。僕にいわせれば陛下も神様であるし、仏様も神様だから、そうなるとギリシア神話のように神様同士で戦争をしていただくしかない。だが、問題は、そんなことではないはずだ。

「宇川君」

「なに」

「さしあたって重大なのは、サイレージだ」

「そうだね。ほとんど切れかけている」

「サイレージがないと、どうなる」

「牛が、死ぬ」

「死ぬか」

「死ぬ」

「つまり餌がないってことだね」

「そう。くみあい飼料だけでは、ちょっとね」

「鶏はくみあい飼料でうれしそうだけどね」

「牛は、そうはいかない」

「だまされないのか。鶏ほどばかじゃないってことか」

「サイレージ、あるいは青草をよろこぶ。それと」

「それと」

「経済的な問題がある」

「なんだ、それ」

「園長に新しいヒヨコを頼んだだろう」

「あの野郎、宇川君になんと言ったんだ」

「いいんだ、それは」

喋りたくないらしい。きつく閉じられた唇は頑なだ。僕は口調をかえて尋ねた。

「しかし、なんで、サイレージが足りなくなってしまったんだろう。ちゃんと計画をたてて仕込んだわけだよね」

宇川君の顔がくもった。俯き加減で、小声で言った。

「やっぱり指導者不在がまずかったのかな」

「それは、ないんじゃない」

「ないかな」

「ないね。赤羽がいたって、おなじことになってたさ」

「いや、赤羽先生がいらっしゃったら、もう少し按排したんじゃないだろうか。与える量を加減するとか」

「赤羽がいても変わらないと思うな。だってサイレージを多めに与えなければ餌が不足していたんだろう。加減しようがないじゃないか」

「そうなんだ。減っていくサイレージを目の当たりにして、やばい、やばいと思いながらも、僕はなにもできなかった。じつは内心、かなり狼狽えていたんだけれどね。率直に朧君に相談することもできなかった。僕にはそういうところがあるんだ。ああ、もう少し牧草でカバーできたなら」

「問題は簡単じゃないか。宇川君が悪いんじゃない。原因は、天気だよ」

宇川君が空を一瞥した。青空は相変わらず力のない色彩で、澄みわたってはいるが、淡く、密度も薄い。

「今年の冬が寒すぎるんだよ」

「それは、そうだね」

「かなり積もった雪が三度。氷点下の気温がずっと。今年の冬は厳しすぎる」

「そうなんだ。いつもだったら、もう少し牧草を刈ることができるもの」

「牧草を刈れないから、サイレージに頼るしかなかったわけだろう」

喋りながら、僕はこの堂々巡りの会話に厭き、嫌気がさしはじめていた。それなのに宇川君が縋りつく。

「朧君」

「なに」

「僕のせいじゃないよね」

「当たり前だろう。宇川君のせいじゃないって何度も言ったじゃないか」

「なんだか気が楽になった。朧君には人の心を楽にする力があるな」

「なに言ってんだか」

僕はそっとジャンの首から手を離した。ジャンの肩からすっかり力が抜けているのがわかったからだ。僕はジャンのうなじを見つめて声をかけた。

「すまなかったな。僕は、まだ、自分の気持ちを飼い馴らせない。なにか羞恥心を覚えることがあると、つい無茶をしてしまう。親しい人に甘えてしまうんだ」

「なんていえばいいのかな。朧さんに邪慳にされると心底から悲しくなりますよ」

「すまねえと言ってるだろうが」

「あっ、また殴る気だ」

僕とジャンのやりとりを宇川君が眩しそうな顔で見ていた。僕はジャンに囁いた。

「僕にしてくれているように、宇川君にもしてやるんだぞ」

「はい」

「よし。いい御返事だ」

「僕は、朧さんには、絶対に逆らいませんよ、絶対に」

ジャンが媚びのいっぱい詰まった眼差しをむけてきた。僕は不明瞭な笑顔でジャンの上目遣いをはぐらかした。僕はいつだってそういった態度でしか相手に応えることができない。

*

いよいよサイレージが切れてしまった。完全になくなってしまった。結局は僕が園長に直談判してくみあい飼料を多めに納品してもらう、つまり飼料の予算をつりあげてもらったわけであるが、とりあえず飼料がとどく来週の木曜日までは牛の餌をなんとか確保しなければならない。

宇川君が弱々しく笑った。僕は傍らにジャンを従えている。宇川君には子分がいない。追いつめられたときにこの差は大きい。なんとなくそんな気がする。人は独りでは生きられないなんて腐ったことを言うつもりはないが、やっぱり手頃な持ち駒は必要だろう。

僕とジャンを見つめて宇川君が遠慮気味に言った。

「じゃあ、日が暮れてしまわないうちに、明日のぶんを」

「うん。ジャン、真剣にやれよ」

「僕はいつだって真剣ですよ」

「舐めるときは、な」

とたんに宇川君が頬を赤らめた。そむけた顔の、首まで真っ赤だ。いきなりレッドゾーンに突入だ。宇川君の指針は振りきれんばかりだ。この寒風のもと、汗まで滲ませて照れている。よほどいい思いをしたのだろう。僕は肩をすくめた。ジャンの生意気に尖った鼻の頭を指先で弾いた。

「それだけはやめてくださいっていってるじゃないですか。僕は白じゃないんだ」

「うるせえ」

「もう」

僕はジャンが口を尖らせるのが見たくてしかたがないのだ。ジャンの蛸状をした唇と照れて身悶えしかねない宇川君を交互に見て、僕はなんとなく笑う。ほくそ笑むといっていい。さらに、あえて訊く。

「宇川君」

「なに」

「ジャンの舌はどうだった」

「どうだったって」

宇川君は素直に口ごもる。ジャンはにやにやしている。なぜかわざわざ爪先だって僕の耳許に顔を寄せ、囁いた。

「朧さんのほうがずっと苦いですよ」

これも御世辞なのだろうか。だが僕はそんなことよりも、ジャンが爪先だった瞬間にその足の下で軋み、折れ、泣いた地面、溶けることさえしない苛烈な霜柱の気配になんともいえない胸苦しさを覚えていた。牧草地の地面は無数の凍えた銀色の針で持ちあげられ、嵩あげされているのだ。

僕たち三人は真新しい軍手をはめていた。作業が苛烈なものになることはわかりきっている。だから、せめて、手袋くらい純白で。そんな気分だった。僕は軍手をはめた両手を胸の高さまであげ、凝視した。鼻を近づけると、真新しい綿のあの独特の香りが幽かにする。

宇川君の手指の情況を鑑みれば、ジャンをこの作業に駆りだすことには若干の抵抗があった。常時農場に出入りしてはいるが、まだ生徒なのだ。まだ、子供だ。

北君は夕方の牛の乳搾りをはじめ、普段の農場作業全般を一人でこなすことになっている。楽ではないが、おそらくは僕たちがこれから行おうとしている作業よりはずっとましだろう。なによりも血を流さずにすむ。

軍手をはめている上から刃があたるので、直接に切開してしまうようなことはないのだが、それでも宇川君の左手指には無数の切り傷ができあがっていて、真新しい傷は湯にふやけたかのようにぽかんと拡がって白けた色をしているし、それが時間がたったものは皹(ひびあかぎれ)となって黒ずみ、無数の亀裂を生じて、なんだか冷たく腐りはじめて浮腫んでいるといった按排だ。

宇川君もじっと軍手をはめた手を凝視していた。軍手が真新しいことなど、なんの慰めにもならない。指を切ってしまうことがわかっているというのに、その作業をあえてするということの苦痛はなかなか理解してもらえないだろう。

僕も宇川君もジャンも、マゾヒストではない。いや、マゾヒストであったとしても、これから行おうとしているのは、つまるところ仕事であり作業である。物語性やゲーム性のかけらもない行為でわざわざ指を切って血を流したい者などどこにもいない。しかもこの季節に傷をつくれば、絶対に最悪の罅輝になる。

いや、その状態を罅輝と呼ぶのかどうかは微妙なところだ。やはり冷たい腐敗という のが正確かもしれない。凍傷よりもさらに始末に負えない状態だ。生じた傷に凍える泥 濘を擦りこむ苦痛をあえて選択したのが僕たちであり、それを単独でこなしてきたのが 宇川君である。宇川君にあるのは病的なまでの責任感、牛を飢えさせ、殺してはならな いという思いだ。どうせ、時期がくれば殺して啖ってしまうのに。

最近、僕と宇川君は微妙に北君を避けていた。本来ならばこの草刈り作業に北君も参 加させるところなのだが、北君が一緒に作業をしていてなにやらぼやき、愚痴でもたれ ようものなら僕は彼を殺しかねない。そんな予感があった。右手に鎌をもっているのだ から、途轍もなく危険だ。だから北君には作業参加を御遠慮ねがった。実際行動に移さ ないにせよ、宇川君だって僕と同様の思いを抱いているだろう。

僕たちは性格の違いもさることながら、ものをまったく考えない北君という生き物に 嫌気がさしているのだ。無垢と無知は紙一重であり、図々しさの親戚だから、ときにそ の鈍感さに僕も宇川君も破裂しそうになる。これからこなす単純作業にいちばん適して いるのは北君であるかもしれないが、しかし、僕も宇川君も北君と並んで地面にへばりつくことに抵抗を覚えたというわけだ。

僕は広大な牧草地を漠然と見まわした。牧草地と呼ばれてはいるけれど、そこに牧草の青々とした姿はない。黒々と凍てついた土、それを押しあげて微妙に姿をあらわしている霜柱が所々で西日を反射して金属質の光を放つ。彼方では群れから離れた孤独な鴉が俯き加減で北風に煽られ、よろけて、牧草地の広さをもてあましている。幽かに波打つ大地のほぼ真ん中で、鴉の黒は地面のくすんだ黒と違って奇妙に艶やかだが、それが逆に惨めなほくろのようで不思議な哀れさを覚えた。不毛の大地なる不毛でありきたりな科白が胸を掠める。僕たちはこれから無限に取りついて徒労を刈りとらなくてはならない。

「はい。スタートね」

意気のあがらない声で僕が宣すると、宇川君は即座に腰をかがめた。ジャンは僕を窺っている。僕はジャンにむかって頷いた。ジャンはめずらしく真剣さをたたえた眼差しを凍りついた地面に据えた。

鎌の刃は刃こぼれした部分をグラインダーにかけて徹底的に研いできた。さらに砥石にあてがって丹念に手研ぎで仕上げをした。だがジャンの大ばか野郎は鎌の刃とモーター・グラインダーに取り付けた円形のヤスリを触れさせることによって派手に火花が散ることに昂奮し、神経を逆撫でするグラインダーの騒音に負けぬ雄叫びをあげ、金属の灼ける匂いと朱色に熱されて飛びちる鉄片に恍惚の眼差しで陶酔し、すっかり刃を削り落としてしまったのだ。おかげでその半月状の鎌の刃は惨めで薄っぺらく、ひどく痩せたものに成りさがってしまった。しかも過剰な摩擦熱で鮮やかな青色に変色してしまって、いまだに灼けた鋼の香りさえ漂わせている始末だ。

ジャン本人はちびた刃にあらわれた弧状の青色をうっとりと見つめて焼き入れなどと吐かして悦にいっていたが、最悪だ。焼き入れも過ぎれば刃物は脆くなるだけだ。丈の足りない牧草を刈るのだ。刃は地面と接し、小石にぶちあたり、熱で脆くなった刃はだらしなく刃こぼれをおこすはずだ。つまりますます切れなくなるということだ。

当然ながら作業に支障がでるだろう。鎌の刃の本質である鋼の部分をグラインダーでほとんど削り落としてしまったのだから。だが、それを為したのはジャン自身であり、それによって苦労をするのはジャン本人である。僕は腰をかがめて、軍手をはめた手で苔程度にしか感じられない牧草を掴んでみた。やはり切れない鎌では、この作業はつらい。手前に引いてすっと切れなければ、鋸を挽くように鎌を左右に動かさなければならない。動きが大きくなればなるほど手を切る可能性が高まる。

思案した。ジャンに別の鎌をとってこさせようか。作業効率を考えれば痩せほそったジャンの鎌は絶対によい結果をのこせない。それに切れない刃物はよけいに危ないというではないか。

「ジャン」

「はい」

なぜ、こんなに無邪気な表情をするのか。僕はいきなり言葉を喪った。失語症というのだろうか。言葉は小賢しい。ジャンが手にしているのはあくまでも鎌である。作業に言葉は不要だ。そんな理屈にもなっていないあれこれが脳裏で密かに爆ぜ、僕はいきなり醒めた。ジャンの問題は、ジャン自身が解決するしかない。

「——はじめようか」

「はい。出発進行」

なんとも長閑なジャンの返事だった。ジャンは幼さゆえにこの作業がどういうものか想像できないのだ。結局は、僕はなんとなく鎌を替えてこいと言いだせずに二度目の作業開始を告げてしまったわけだが、もうそれに罪悪感を覚えることもない。

地表には長さ二センチに充たないほどの長さの牧草がまばらに、かろうじて生えている。激烈な冷気によって漂白されてしまったのか牧草本来の緑色は淡く頼りない。さらに牧草には以前に刈りとったときの傷跡が残っていて、先端の尖りはなく、すぱっと斜めに断ちきられて、その部分が茶色く変色しているものが多い。牧草も深刻な傷を負っているのだ。変色部分は瘡蓋といったところか。

僕は大きく深呼吸をすると、そっと鎌を牧草の根元にあてがった。二センチに充たない長さの牧草など地面に生えた苔か黴のような存在だ。それに鎌の弓なりの刃をあてがって強引に地表から引き剝がすかのように刈りとっていく。

いつのまにか息を詰めていた。引き剝がすかのように刈りとるとはいえ、根の存在を考えると、やはり緻密な神経を要求されるからだ。僕も一応は日本の百姓、雑な仕事をするのは絶対に嫌だ。息を詰めていたせいか、鼓動が早まっていた。ふたたび意識的に深呼吸をして脳に酸素を送った。たかが草刈り、しかし徹底した細密精密作業であり、かなりの意識の集中を強いられる。難儀やなあ……と胸の裡で諦めまじりに呟いた。結果が暗澹としたものであることが確実に予想できるときにこそ関西弁は奇妙に馴染む。

暖かい時期には牧草も充分に生育しているから、西洋絵画によく描かれている、悪魔が手にする背丈ほどもある大鎌を構えて腰を使って楕円を描くように地表を撫でていけば、ざくざくと効率よく刈りとっていくことができるのだが、この時期の牧草は凍りついた地面に押し込められてほとんど伸びもしない。しかも牧草の生育よりも早く霜柱が育ってしまい、牧草自体は霜柱のなかに閉じこめられていたりもする。だから日本古来の鎌、木の柄のついた地味な半月状の刃物で細心の注意を払って刈りとっていかなければならない。手仕事、日本。凍てついた地面にへばりついて、単調な、しかし気を抜けない作業だ。

ジャンがきちっと作業をしているかをときどき監視する。重要なことは、草むしりではないということだ。雑草ではない。種子を蒔き、意識して育てたイネ科とマメ科の作物だ。栄養や育成バランスを考えての幾種類もの混成だ。宇川君にいわせれば冬という季節を見越して寒さに強いメドーフェスク、ラジノクローバー、チモシーといった品種が混合されて植えられているとのことだが、いかに寒冷に強いといっても切羽つまって常時刈りとられているわけだから、それなりに生育する暇さえないわけだ。

ジャンは言いつけを守って地道な、丹念な作業を続けている。その薄い唇からは規則正しく白い息が吐きだされて、地面に当たる。瞬きの少なくなった瞳に集中がよくあらわれている。僕はこの少年を見直しつつあった。繊細だ。充分に繊細だ。申し分ない。それなのにあえて注意の言葉を吐いてしまう。曰く、根っこから牧草を引きぬいてしまってはならない。根を抜いてしまえば、もう生えてこない。これは大切な作物だ。あくまでも世界の農地作物の七十パーセントを占めるという重要な作物なのだから意識を集中しろ。

ジャンが口うるさく能書きの多い蘊蓄好きの監督にむかって微笑みかえしてきた。僕はとりわけ冷たい表情をつくって、じつは、ずっと懸念していたことを尋ねる。

「だいじょうぶか、鎌」

「平気です。コンパクトにまとめた最新鋭。こんどは朧さんの鎌も徹底的に削ってさしあげますよ」

僕たちのやりとりに耳を澄ましたまま作業に集中していた宇川君が地面をむいたまま、くくく……と笑い声をあげた。さらにダウン・サイジングと独り言をした。僕はなんとなく頭に手をやって、軍手に沁みた泥で頭の地肌を掻いてしまった。ぞっとするほど冷たかった。

これまでは牛舎の責任者である宇川君独りで牧草を刈っていた。宇川君はよく耐えた。

午後になると牧草地に膝をつき、まるで祈るような体勢で黙って陽が暮れるまで牧草を刈り続けた。しかし、追いつかなくなってきた。はじめのうちはそれでも十センチ弱の長さのあった牧草が、幾度も刈りとられて伸びる暇を喪い、その背丈が惨めな苔程度にしかならなくなってきたからだ。当然ながら作業効率がおちた。がた落ちだ。

昨夜、僕は宇川君に申し出た。明日から手伝う、と。その瞬間、宇川君は涙ぐんだ。幽かではあったが、たしかに眼を潤ませたのだ。それは僕の善意に対する感謝や感動ではなかった。安堵の涙だった。僕はそう解釈した。そして、その解釈は間違っていなかったことをいま確信しつつある。

もう、指が痺れていた。凍りついた地面のせいである。地表は硬く凍りついているが、その下は頑丈な霜柱が三センチ、場所によっては四、五センチほども伸びあがっている。氷の柱は牧草よりもよほど育っていた。

そんな状態で牧草を摘みあげて鎌を押し当て、左右に引き、なかば引きちぎるように、しかし根を傷つけないように牧草を地面直下から切断していくという作業を続けていくと凍りついているはずの指先の、その幽かな熱によってまず地表の泥から溶けてきて、作業をしている周辺に、ごくごく控えめな泥濘が出現する。

泥濘は、冷たい。

比較するものがないくらいに冷たい。

泥のまじったシャーベット状の氷水なのだから、当然なのかもしれないが、北からの風が地表を這いまわるせいか、氷よりも冷たく、徹底して容赦がないのだ。

しかも綿の軍手がその氷水を吸いこむ。忌忌しいことに濡れたまましばらく作業を続けていると、こんどはその水を含んだ軍手が凍ってくるのだ。痛みが極限に達し、そこで指先を揉む。呻き声をこらえて、ほぐす。凍って強ばった軍手が溶ける。指先に感覚がかろうじてもどる。凍りついていた指先に幽かな熱がもどる。ふたたびごく控えめな泥濘が出現する。凍えた泥水が軍手に染みこむ。泥水が凍っていく。

僕はこれを悪意のサイクルと名付けた。

名付けたからといって辛さが緩和されるわけではないが、それでも思わずにはいられない。これが輪廻というものだろうか、それとも地獄の象徴か。

そんな小賢しい能書きを脳裏に描いてかろうじて耐えている僕を一瞬にして覚醒させるものがある。

音だ。

鎌の刃が霜柱にぶつかり、切断する密やかな音。

あるいは地面のなかに隠蔽された小石にぶちあたって軋む金属音。

かちゃかちゃかちゃかちゃかちゃと切れめなく続く凍土と鋼のこすれあう音。

さらには苔のような牧草をかろうじて切断する、いや毟りとる、じりじりじりという極小の囁き。

それらがあるとき唐突に鼓膜をふるわせる。僕は我に返り、麻痺から醒め、諸々の空想から引きもどされ、苦痛という現実を目の当たりにして呆然と息を呑む。

舌打ちしたい。

宇川君だってジャンだって舌打ちしたいのだ。

こらえる。

好きこのんでこんな仕事をしたい者などいるわけがない。そして舌打ちをしたり、愚痴を呟いてしまったらおしまいだ。その場で鎌を放りなげて宿舎の風呂場に駆け、凍りついて感覚を喪った指先を湯に浸けて、痛みとも快感ともつかぬ温かさに呻き声をあげてしまい、以後、一切牧草刈りの仕事をする気を喪ってしまうだろう。

一時間半ほど集中しただろうか。強烈に腰が痛む。凍傷になって黒紫色に変色した宇川君の膝の状態を知っているから、凍った地面に膝を突きたくない。それで中途半端な姿勢で頑張っていたせいだ。両肩もかちかちだ。首の筋も硬直しきって、天を仰ぐ動作がひどくつらい。それでも無理やり藍色に染まりはじめた空に視線をやると、世界がネガフィルムのように反転した。立ち眩みの強烈なやつだった。僕はジャンに支えられかけたが、結局は凍った地面に尻餅をついて苦笑していた。はあ、はあ、はあ……と白い息だけがだらしなく地面に落ちていく。苦笑はいつのまにか凝固して、ただの顔の歪みに変化した。虚脱が烈しい。そしてそれを遥かに凌駕する疲労が全身を覆い、神経がささくれ、尖って切れかけていた。

陽が翳りはじめていた。あらためてそれを意識した。かろうじて意識した。時間がない、と。闇のなかで鎌を扱うのはリスクが大きすぎる。だが刈りとった牧草はまさに苔。三人が刈りとったぶんを丁寧に寄せ集めてみても台車の底に漠然とした泥まじりの塊少々があるだけだ。

僕と宇川君とジャンは顔を見合わせた。

ふたたび苦い笑いがうかび、頬を痙攣させていた。

「これをしなくちゃ」

宇川君が独白した。暗く翳ってきた地面を凝視して独白した。

「これをしなくちゃ、ならないんだ」

僕は黙って頷いた。作業を中断したことで感覚を喪っていた指先に熱がもどってきて、鋭く痛みはじめた。こんなことならとことん指先を凍えさせて感覚を喪わせたほうが得策であるような気がする。

「これをしなくちゃ、牛が飢える」

僕はおなじ科白をくりかえす宇川君にむかって、頷きかえすことしかできない。いいかげんにしてくれと顔を顰めたいのだが、それなのに宇川君がまた呟いた。

「これをしなくちゃ、ね」

そのあと宇川君は疲労のせいで口を閉じる力もなくなったのだろう、漠然と口をひらいたまま白く凍えた弱々しい息をたなびかせて、立ちつくした。そんな宇川君の背後に宵の明星が鮮やかな白銀を放って瞬いている。

ジャンは僕の視線を追い、茜色から紫、そして藍色に染まった空に視線をやって虚脱している。僕と眼があうと、みじかく吐息をつき、いきなり地面にあぐらをかいた。その姿勢で地面を睨みつける。端正な横顔に徒労に対する強烈な怒りがあらわれていた。

いや、僕の思いがジャンの横顔に反映しているだけなのかもしれない。

ジャンは大地にあぐらをかいたまま、放心して地面を、そして両手を睨みつけている。その手にはめた軍手は指先を頂点に濁って澱んだ泥色に染まり、しかも血が滲んで泥の澱みを補強している。僕はジャンの指先から自分の指先に視線を移した。

眼がしょぼしょぼして焦点が合いづらいのは、暗くなってきたせいだけではない。神経を磨りへらし、疲労が極限にまで達しているからだ。そんな僕の軍手の指先も無数に綻びていて、あちこちに血が滲んでいた。牧草を刈らずに、指を刈ってしまったというわけだ。

夕陽も茜色、血に染まった軍手も茜色。

なんだか可笑しくなってきた。

いや、可笑しくなんかない。

悲しいのだ。

悲しいから、笑うしかない。

そうだろう。悲しいから笑うんだ。

へへへ。

へへへへ。

へへへへへ。

僕たちは力なく笑いあった。それからおもむろに屈んだ。鎌を手にとった。僕たちからは完全に表情が失せた。作業再開だ。すると即座に指先から感覚が喪われた。指先が無感覚になることは好ましいとさえいえるが、いったん休んでしまったせいだろうか、地面に向かって屈んでいると、腰の蝶番（ちょうつがい）がいやな音をたてて軋んだ。あきらかに脊椎に限界がきている。

朝の四時半から働いているのだ。生き物相手の仕事だから一日の休みもなく、毎朝四時半におきて、ひたすら肉体を酷使している。八時間労働って、なんだっけ。朝食で三十分。ミサに一時間。その一時間半を差しひいて、おいおい、昼飯までにもう六時間働いちゃってるんだぜ。で、一時間で食事、休憩。それから午後の作業。この牧草刈りが終わるのは夜の八時かな。九時かな。九時に終わったとすると実働十四時間か。

やれやれ。これを、毎日！だ。神様だって七日目には休んでいるのに、一日の休みもなく、だ。若いって、すばらしい。涙ぐんでしまうよ。

胸の裡で呪いの戯れ言を口ばしりながら、それでも僕の手は牧草を刈りとっていく。

見事な、しかし極限まで疲弊しきった自動機械だ。鎌の刃が軍手を裂き、皮膚を切りひらいても、もうなにも感じない。他人事のように痛みを俯瞰する。いまなら指を切断したとしても、しばらくのあいだは他人事でいられるだろう。

赤羽という指導者をなくしたということは、じつは熟練した労働力を失ったということだったのだ。それなのに修道会は労働力を補強する気がない。宇川君の犠牲のうえにあぐらをかいて、無視を決めこんでいる。

牛を飢えさせたくないというこの気持ちの芯にあるものは、いったいなんなのだろう。畜生どものためにここまでする僕たちは、じつはすばらしいモラリストなのかもしれない。いや、単なる阿呆か。

それにしても修道会の遣り口は世間一般の経営者とおなじ感覚だ。なぜ、労働力を補給しないのか。経営者である院長は、なぜ僕たちの訴える窮状に耳を貸そうとせずに、きっと神様がよくしてくださいますなどという戯言を口ばしって平然と微笑むのか。神様が今夜一晩で牧草の丈をひと息に伸ばしてくれるというのか。

文句を言うと、あんたはこう応える。一晩で牧草の丈が伸びるという奇蹟がおきないのは、朧、きみに信仰が足りないからです。

ばか野郎。足りないのはおまえの脳味噌だ。僕は奇蹟なんか期待していない。必要なのは人手と牛の餌だ。

僕は知っている。神様は、肝心なときになにもしてくれないから、神様なのだ。超越者の資格は、なにもしないこと。なにもしてくれないことなんだ。たかが牛を飢えさせないために血まみれの手を凍えさせている僕たちは、たしかに超越とは縁がない。

それは仕方がないとして、この無様な現実だ。呆れてしまう。なにが宗教か。なにが修道会か。宗教とはいったい誰を救うのか。必要人員を補給せずに僕たちを奴隷のように扱って、農場はかなりの利益をあげている。喰う寝るに困らないとはいえ、この御時世に月給六万三千円。これを搾取というのではないか。経済に支配されているのが見えみえではないか。宗教だって結局は経済に支配されているのではないか。営利企業の論理と倫理のほうがよほど清々しい。神父たちよ、無能な笑顔の背後の絶望的かつ無自覚な悪意を僕は糾弾しちゃうよ。

マルクス万歳。こうして大地にへばりついていると、革命をおこしたくなる気持ちが、よくわかる。赤羽のばかは長い年月をこうして大地にへばりついていたくせに、結局のところは嫌みなインテリ特有の高みから俯瞰する癖が抜けなかった。キリスト者の産地、長崎で生まれ育ったおかげで、赤羽はそういうふうに仕込まれてしまったのだ。一切の力を剝奪されているインポ野郎のくせに、神の視点を無意識のうちにとりこんでしまった。宗教とは恐ろしいものだ。知性さえも方向付けしてしまうのだから。

どうでもいい。

神の視点なんて、どうでもいい。

どうでもいいからローマ法王も働きなさいよ。凍てついた地面にへばりついて草を刈れ。きっとキリストはあなたではなくて、いまの僕を嘉されると思う。

修道院長も兼ねる園長よ、あなたも牧草を刈りなさい。血を流せ。キリストだけが血を流して犠牲になって。それなのにあなた達は安っぽい権力を得て、聖人づらをしている。お祈りをしてさえいればいいと割りきって。なにがキリスト者か。おい枢機卿。このあいだガードを引き連れてなにやら偉そうに僕たちの有様を見学なさった。ふざけるんじゃない。なんであんたに僕たちは見学されなければならないのか。僕たちはあんたの慈愛と慈悲の眼差しを浴びて動物園の動物に成りさがる。薄汚い人たちだな、あんたらは。偽善。偽善の自覚がないから始末に負えない。

偽善。

なんだ、それは。

砂糖をまぶすとおいしいらしい。

いや、最初から甘い味がついているらしい。世界でもっともおいしいものだよね。

空気は乾ききって、かろうじて唇を舐めると泥の味がして、そして皮膚が破けて血の味が口中に流れこんだ。なんだか血まみれな僕たちだ。

腰が痛てえ……。

ジャンと顔を見合わせた。

宇川君はこれを毎日こなしていたのだ。

僕はしょぼしょぼする眼をきつく閉じ、軍手の甲の泥水で濡れていない部分で丹念にこする。痒い。凄まじく痒い。やがて加減を忘れてこすりすぎ、瞼の裏側に泥水の被膜が侵入した。その瞬間、すこしだけ息をするのが苦しくなり、泣いてしまった。泥は涙でも洗いおとせない。軍手の甲をきつく眼におしあてて、涙をごまかした。

完全に暮れて、疲労が重なって、眼の焦点なんてとっくに合わなくなっていた。

なにがなんだかわからない。

識別不能だ。

皮膚にひどい膨張感がある。

しかも痺れがひどい。

無感覚なのに、寒くて。

冷たいのに発熱している。

僕は自分が老人であると確信した。いや老人であると思いこまないと、この情けなく崩れおちそうな自分の肉体の状態に対して納得が得られないのだ。

牧草もどきを摘みあげる軍手が泥のシャーベットで濡れて滑る。指先が凍えきって感覚のないせいもあって、満足につかめない。いまさらのようにそれらを確認し、唐突に我に返り、それに苛だって作業を焦ると、なぜか必ずその指にむけて鎌を振るってしまう。

右手と左手の連携はとうに喪われて、硬直しきった勝手気儘な振る舞いをして迷走するばかりだ。そして、そんな状態を遥か彼方から客観的に眺めて、それらが自分の身におきているということを納得しない。

したくない。

僕はここに存在したくない。

どうせ殺して喰ってしまう牛のために、なぜ、ここまでしなければならないのか。

ああ、舌打ちをしたい。

舌打ちしたら、少しは気が晴れそうだ。

いや、舌打ちだけはしてはならない。

牛は喰われてしまう。さんざん乳を搾りとられたあげくに、喰われてしまうのだ。まるで僕の人生だ。舌打ちしてはならない。僕は殺され、喰われる牛のために、せめて指先から血を流そう。

僕の左手指は血まみれだった。

いまや牧草を刈らずに指を刈り続けているのだから当然だ。

鼓動にあわせて出血が拡がっていく。

心臓が動いている。

それを出血で確認して、頷く。

鎌が霜柱を断ちきる。折れた霜柱の中から牧草らしきものだけを選びだす。

僕は朦朧に支配されて、ひらいたまま閉じなくなってしまった口をどうにか閉じ、奥歯をきつく嚙みしめる。

その瞬間だ。

ついに舌打ちが聴こえた。

右斜め方向から、だった。

僕は弾かれたように振りかえった。

ジャンが軍手を投げ棄てていた。

軍手を地面に叩きつけていた。

素手になって霜柱に指先を突っこみ、牧草を摘んで、うん、うん、と二度頷いた。得意そうに僕を見た。僕は首を左右に振った。軍手を棄ててはいけない。

だが、ジャンは素手で鎌を振るった。

素手のせいで作業効率があがったのだろう、とたんに僕を追い越してじわじわと前進していく。

しばらくはうまくいっていた。

やがて僕の眼前でジャンが尻餅をついた。右手で左手を支えもち、尻餅をついたまま呆然と滴りおちる血を凝視している。

やってしまった。

軍手は指を切断しないための貧弱な保険だったのだ。僕は我に返ってジャンのところに膝で躙り寄った。

「ばか」

「へへへ」

「みせろ」

「はい」

「骨が見えてるけど、落ちてない」

そんなことは見ればわかるのだが、あえて口にだしていた。そればかりか指の先端を摑んで、傷口を左右に拡げて、骨が白灰色に光るのを愉しんでいた。

「ちょん切れてないですよね」

「くっついてはいる」

「じゃ、いいや」

ジャンが安堵の吐息を洩らした。僕はジャンの指の根元、血管が通っている部分をきつく挟みつけて押さえた。

止血の処置をしながら、ふたたび夜にも負けないジャンの人差し指のなかの骨の白い色彩を凝視する。愉しんでいることに対する罪悪感をいまさらのように確認し、それから宇川君に視線をやった。

宇川君は地面に這いつくばって真っ白い息をせわしなく吐きちらしながら、ひたすら牧草をちぎって、いや刈りとっていた。

僕は曖昧に顔をそむけ、尻餅をついているジャンをそっと立ちあがらせた。一応は処置をしたが、血の勢いはたいして変化がなかった。

これまた徒労だ。

なんだか全てを投げだしたい。

しかし僕は、呼吸を整えた。投げだしてはならない。

ジャンの泣き笑いの表情が愛おしい。一緒に牧草を刈ったことによって、僕はジャンに溶けあっているようだ。一体感だ。いままで味わったことのない不思議な感覚だ。傷口を心臓よりも高く掲げていなければならないのだが、僕はほとんど無意識のうちにジャンの左手人差し指を口に含んでいた。

ひと息に血が充ちた。口中が血でいっぱいになった。生臭い。錆臭い。生暖かい。噎せそうになった。飲みほした。

「おいしいですか」

「なかなか」

「うれしい」

「ばかだな、ジャンは」

「あんなに軍手をとってはだめだって宇川さんに言われていたのにね。僕ってほんとうにばかです」

「保健室へ行こう」

「すみません」

「いや、あやまるのはこっちだ」

「なんで」

「おまえにさせるべきではなかった。陽が暮れた時点で、帰すべきだったよ。おまえはまだ生徒だからな。すまん」

「いやだなあ、僕は指が落ちちゃったって朧さんと一緒にいますよ」

「ところが俺は」

「俺って言いましたね」

「世間では俺でとおしてたんだよ」

「恰好いいですね、俺」

「うるせえ。いいか。僕は、自分と親しい者の血を流す姿だけは見たくない」

「えー、朧さんらしくない」

「まったくな」

声をたてずに失笑して、振りかえった。宇川君はまだひたすら牧草を刈っていた。いったい何に憑かれているのだろう。僕とジャンは溜息まじりに顔を見合わせた。正直なところジャンが放っておけない怪我をしてくれたおかげで、この徒労に充ちた牧草地をあとにできる。安堵が全身を包みこみ、皮膚が弛緩していく。おしまいは、あっけない。とりあえず今日のおしまい、に過ぎないのだが。僕は内面から湧きあがる歓喜をもてあましていた。

*

くみあい飼料がとどいた。なにがなんでも牧草を刈りとらなければならないという情況からは、どうやら脱出できた。しかしとりわけ情況が好転したというわけではない。ジャンの怪我により、さらに労働力がへったのだから。

修道院側は相変わらず頬被りを決めこんで新たな監督者をよこそうとはしない。卒業間近の中学三年生たちが手伝いにはやってくるが、所詮は貧弱な子供たち。労働力としてあてにするわけにはいかない。必要なのは朝四時半から夜まで働く専業者なのだ。しかも僕はジャンに対するように彼らに命令できず、微妙な欲求不満を抱いていた。

傍若無人に振るまっているようにみえて、僕は、じつは、ひどく気がちいさいのだ。だからあれこれ命令をするのが苦手だ。あるいは相手を自分の敵か味方かという具合に選別し、すると味方なんてほとんどいなくて、敵であると胸の裡で決定してしまった者に対しては、妙に腰が引けてしまってあれこれ命令する気になれない。

そのあたりは宇川君のほうが割り切りがうまくて、心地よいほど巧みに生徒たちを作業に割り振っていく。宇川君には冷徹な経営者的能力があるのだ。認めたくはないが、僕はあれこれ考えこむくせに実務能力に欠けた粗暴な若者といったところか。ハメルーンの笛吹男のくせに、付き従おうとする子供たちに対して自信をもてないのだ。

北君との関係は、あまりうまくいっていない。完全な沈黙か、せいぜいが作業に必要最低限のことだけを喋りたいところだが、体裁を繕うために適当に冗談を言いあったりもする。僕も宇川君も大人の態度で接しているわけだ。しかし、なるべく本質的な関わりはもたないように気を遣っている。北君は、ジャンが指を切断しかけたことを嗤い、僕たちの手指に無数に刻まれた傷を嘲笑った。ぼろぼろにささくれだった爪をばかにした。北君にはなにか感受性の核になる部分が大きく欠けている。それは周囲の気配に対する感受性といっていいかもしれない。なにしろ北君本人は、僕や宇川君から疎んじられていることに気づいてさえいないのだから。

たしかに僕も誰かが怪我をすればださいなどと嗤い、深刻な顔をして切り傷を示したりされれば、うざったいと切り棄てるだろう。だが、北君に嗤われる筋合いはない。僕たちは牧草を刈ったのだ。あの辛さをあえて北君に話してきかせる気は毛頭ないが、北君の想像力のなさが許せない。僕は宇川君の辛さが想像できたから手伝いを申し出たのだ。そして想像以上の苦痛を味わった。

いま、僕はしみじみと思っている。小説でも読んでみようか、と。

小説なんてなんの腹の足しにもならない。実用書でも読んでいるほうが日本語の純度の点からいってもよっぽどましだ。だから、あえて読まなかった。

だが、いまは考えをあらためた。文学があってもいいじゃないかと思う。たかが病的な嘘つきのくせをして先生づらをしている小説家という存在には反撥を覚えはするが、文学という大げさな言葉が帯びるちんけな権威には苦笑するしかないが、虚構の重要さは、あの牧草刈り取りで身をもって理解できた。僕はあの作業の最中に、普段にも増して脳裏で嘘をつきまくった。あれこれとりとめのない空想にふけりつづけた。身勝手な思考に逃げこんだ。嘘が僕を支えたのだ。

それと同時に北君を観察していてあるときふと思ったのだ。北君は、文学的でない。北君には大幅に想像力が欠けている。つまらないその場しのぎの嘘はつくが、僕を感嘆させるような抽(ぬき)んでた嘘をつく能力がない。人間的な深みなど糞喰らえではあるが、北君に較べると豚のほうがよほど文学的であるから始末に負えない。文学的でない人間は動物以下なのかもしれない。文学的でない北君は、案外と人生とやらを愉しんでいる。たいしたものだ。羨ましくはないが。

個人的な資質の問題かもしれないが、多少の資質の持ちあわせさえあれば、想像力は鍛えることができるという直観がはたらいた。そのメソッドとしていちばん手頃なのが小説という表現であるという結論に達した。北君のレベルに落ちたくないから、僕は小説を読む決心をした。すると聖職者用の図書室が意外に充実していることに気づいた。暇つぶしの読み物として愉しめる、セックスや暴力を描いてきっちりとしたオチのついた即物的かつ娯楽的色彩の強いおもしろい小説はあまりないのだが、嘘の程度がそれなりに高度な、ひねた小説のたぐいは一揃えあるようだ。いわゆる定番とされる文学作品だ。とりあえず僕は名前しか知らなかった太宰治の本を読み耽って、その嫌らしい悪臭に中毒しかけている。

ともあれ牧草を刈りとるあの苦行からは解放された。くみあい飼料の量を増やせば栄養的には問題がない。繊維分を補うために、そこにストックしてある藁を細かくカットしたものを混ぜて増量する。

皮肉なことに牧草刈りから解放されたとたんに冷気もゆるみ、また牧草刈りの間隔も充分に時間をおくことができるようになって、牧草地には緑がもどってきた。さんざん見慣れた牧草地ではあるが、あれ以来僕はその広大な空間を単なる緑地というふうにはとらえることができなくなっていた。

「あの草は、おまえの血を吸って青々と伸びてやがるんだぜ」

「朧さんの血だって吸ってますって」

ジャンの左手人差し指に巻かれた包帯は汚れがひどく、薄黒く変色している。僕は包帯ごとジャンの指を摘みあげ、訊いた。

「どんな按排だ」

「曲がってしまうかもしれないって言われました」

「曲がるとは」

「骨にまで達していて、しかも腱とかいうのを切ってしまったらしいから、どうしても曲がってくっついちゃうらしいんですよ」

「ちゃんと使えるようにはなるのか」

「あ、それはだいじょうぶみたいです。それほど不自由はないそうですよ」

「すまんな」

「なんで朧さんがあやまるんですか」

僕は照れ笑いをかえして沈黙する。僕があやまってすむことではない。しかし、あやまるしかない。世の中には、こんな情況が案外多いのかもしれない。徒労であるし、無駄なのだが、あやまらずにはいられない。なんであやまるのかと問いつめられれば、僕は自分がここにいるのがいけないんだと答えよう。太宰治の影響かもしれないが、生まれてすみませんと吐かして、ごまかしてしまおう。

「朧さん。僕って左手でオナニー、するんですよね」

「伝統だな、左手オナニー」

「朧さんも、そうですか」

「そうだよ。授業中にオナニーに励んだからだ。右手に鉛筆、左手にちんちん。おまえたちも、そうか」

ジャンがニヤッと笑って頷いた。収容生たちは寄付された古着を着用しているのだが、たいがいが大きいサイズだ。だからズボンのポケットに手を突っこんで股間を弄ること が可能なのだ。ポケットの底を破って、直接触るというやり方もある。僕が収容生だったころは、競いあって教師の視野から死角になる教壇の真下の席に座り、自慰に励んで、それができることが男性原理を全うすることであるかのように誇らしく感じたものだが、ジャンたちも同様のことをしているらしい。相変わらずシスターやアスピラントは生徒たちの下着に染みこみ、こびりついた精を洗わされているわけだ。

「まいりましたよ。右手じゃうまくいかないんですよ。僕って応用がきかないのかなあ。で、諦めちゃったんですけど、僕、この怪我をして、いじれなくなって、はじめて夢精っていうんですか、しました」

「それは、よかった」

「そう。よかったんですよ。すっげー、よかった。オナニーなんて、やめちゃおうかな」

「ジャン」

「なんですか」

「僕は夢精をしたことがない」

「ないんですか」

「ない」

「そうですか」

なんとなく会話は尻窄みになっていった。思いかえせば自慰を覚えた直後から、常に放出し続けている。そのせいか睡眠中に性的な夢と共に射精した経験はない。会話にはときどき登場する夢精ではあるが、実際にはどのようなものか判然としない。性行為によらずに射精するということ自体が、僕にとっては空想の埒外だ。すると僕の想像力なんてたかがしれていて、北君をあれこれいえないのかもしれない。

「どうしたんですか、溜息なんかついちゃって」

「なんでもない」

僕は顎をしゃくる。じつは宇川君と同様、ジャンは作業をあれこれ指示し実行させる実務能力が高い。ジャンが怪我をして、それでも農場にやってくるので、ジャンを監督的立場に据えたのだが、収容生たちは僕があれこれ指図をして作業をさせるよりもよほど円滑に動くのだ。僕は生徒たちに何かを命ずるとき、微妙に腰が引けている。じつは臆しているといっていい。

ジャンと並んで鶏舎にもどる。世間で僕は王様だった。僕は自分が世界から必要とされていないことを子供のころから悟っている一方で、世界の王様でもあったのだ。世界は僕を中心に廻っていると錯覚することができるほどにおめでたい奴だった。

ところがここに隠棲しはじめて、農場作業に従事して、自分の程度をあらためて意識するようになった。

僕は王様ではない。

王様ではなかった。

王は、いない。

そういう結論に達し、とくに最近は謙虚な男に変身しつつあるのだ。仕事というものはどんな仕事であってもきつく憂鬱なものであるが、だからといって放擲するわけにはいかない。なぜ仕事が必要なのかといえば、自分の程度を実際に身に沁みてわからされてしまうという効能があるからだろう。僕は農業に従事してようやく身の程を知った。

*

寒の戻り。三寒四温。正確な意味もわからないままに並べあげていた。ベッドからでられない。ここしばらく春めいて暖かかったのに、今朝は強烈な寒さがぶりかえしていた。耳に挿しいれたイヤホンからは、早朝にもかかわらず相も変わらず懐メロが流れている。FENを愛聴する兵隊さんは徹底的に保守的なのだ。あるいは保守的にされてしまう。最新ヒットと縁のない米軍放送を聴いていると軍隊の仕組みがおぼろげに見えてくる。

僕は掛け布団を丹念に首のまわりに押しこんで、闇にむけて白い息を吐く。膀胱が破裂しそうだ。そのせいできつく勃起している。僕は硬直した充血器官を操縦桿のように握って凝固している。毎朝のことだ。僕という機械は、まったく無様だ。そして変化のない毎日は強固だ。その規則正しさは軍隊並みといっていい。

漠然と教子のことを思っていた。たまに顔をあわせると、教子は咎める眼差しで僕を一瞥する。その怨みがましい眼差しの意味を僕なりに翻訳すれば、たかが寒さに負けてしまうほどにわたしたちの関係は脆いのですね、といったところだろうか。

「そうなんですよ、そのとおりです。春になったら、また再開しましょう。愛しあいましょう」

実のない言葉が洩れおちて、僕は失笑する。僕の言葉には実体がない。僕の言葉だけではない。全ての言葉に実体などあったためしがない。そんなことよりも新しくとどいたヒヨコをいれたボックスだ。彼ら、いや彼は存在しない、彼女らのみが軀を寄せあっている木製のボックスに仕込んだ電熱電球で暖をとることに考えが移っている。

豚舎には竈、牛舎にはお湯。鶏舎には電熱電球。これでやっと平等になったというものだ。ヒヨコの体温とあの噎せかえるような匂い。ヒヨコも人間の赤ん坊も頭でっかちの幼児体型で、乳臭い。ヒヨコであってもやはり赤ん坊独特の香りがするのだから、おもしろい。僕はヒヨコたちに練り餌を与えながら、電熱電球に掌をかざしてうっとりすることを空想した。

それから上体を起こした。起こしてから、苦笑した。たかが電熱電球を思っただけで起きてしまうのだから、僕はわかりやすい生き物だ。身支度をしていると、宇川君の足音が近づいてきた。僕は上着をいいかげんに羽織ってドアを開いた。片手をあげて、インディアンのような声をだす。

「おう」

「おう、おはよう」

「北君を起こすのか」

「うん」

「僕が起こそう」

目脂で固まった眼をこすりながら言うと、宇川君が頷いた。

「ときどき思うよ。なんで僕がみんなを起こすんだろうって。で、自分だけ起きて、とっとと牛舎に駆けこんで、自分の作業だけ終わらせて、あとは高みの見物を決めこむところを空想する」

「それ、いいんじゃない。やるべきだよ」

「でもね、朧君。結局は手伝わされるんだよ。手伝わざるをえない。それだったら、起こしたほうがいいさ」

宇川君は性格的に、遅れている作業があれば、それが他人の仕事であっても率先してやらなければいられないようなところがある。僕がするように、冷笑をうかべて引いて見守っているといったようなことはできないたちなのだ。僕はせめて宇川君の苛立ちを軽減してあげようと考え、北君の部屋のドアの前に立った。

「起きろ。巨人症」

怒鳴りつけるのと同時に、ドアの真ん中を蹴った。合板のドアが弓なりに撓んだ。あっけなくひしゃげた。ドアロックが吹き飛んだ。部屋の中で北君が布団にくるまったまま、眼を剝いている。宇川君が顔を顰めた。

「やりすぎだよ」

僕は、わざとらしい笑い声をあげて、その場から逃げだした。庭先に走りでると白がまとわりつく。コンクリで固めた部分には、一面に霜が降りていて、真っ白に光っていた。ゴム長靴の底が霜に接着されて、ぱりぱりと控えめな音をたてる。僕は胡桃の木の幹にむけて排尿した。盛んに湯気があがる。僕の体温が小便と一緒に喪われていく。大きく身震いして、軀を縮める。小便に流された蟻が木の幹を滑りおちていく。白が幹に鼻先を近づけて僕の小便の匂いを嗅いでいる。大あくびが洩れた。今朝は勃起から性的な気分に陥る余地がない。眠い。ドアを蹴りつけたあたりまでは完全に目が覚めていたつもりだったが、いまや緊張が完全に喪われていた。肩がだらしなく落ちた。だらだら足を引きずって、半眼のまま飼料置き場に入った。

ほとんど意識のないまま半自動的に飼料置き場内での作業をこなし、餌を満載した台車を押した。ヘッ、ヘッ、ヘテロのヘテローシスなどと意味不明かつ不明瞭な調子の鼻歌を唄い、まるで酔ったような按配である。

あれ。

声にならなかった。

一瞬、血の気が引いたのだ。しかし、すぐに脱力した。

視線があっていた。

猫は和んだ眼差しで僕を見ていた。

僕も心地よさそうに丸まった黒猫を黙って見ていた。

見つめあっていた。

まあ、いいか。

そんな調子で頷いていた。

しかし野良猫のほうは我に返ったようだ。暖をとっていたヒヨコのボックスの上で体毛を逆だてた。

僕は餌を満載した台車をその場に安置した。

見合った。

があ!

なぜか僕は吼えていた。間抜けな吼え声だった。野良猫が反転した。伸ばした手のあいだからすり抜けていた。黒く艶やかな体毛が残像になった。僕は逃げた猫を追って反転した。猫は焦るあまり、出口を見失ったようだ。真正面の金網を駆けあがり、天井にぶつかって完全に方向を失った。

鶏舎は基本的に鶏が逃げださないように建物全体が金網で覆われている。野良猫はその金網のどこかにあいた隙間から侵入し、百三十羽のヒヨコの首をもぎとり、殺戮を愉しんだ。

今朝は、新たに仕込まれたヒヨコたちはまだ幼いせいで密閉された木の箱に閉じこめられていた。だからバタリーに移されたヒヨコのように首をもがれることもなく無傷である。猫もそのあたりは割りきって、電熱電球の仕込まれたボックスの上で丸くなって暖をとっていたのだ。

僕は天井にぶつかった黒猫の狼狽ぶりに思わず笑い声をあげた。擬人化は人の勝手な思いこみなのだろうが、あまりにも猫の狼狽え方が人間じみていたのだ。

もちろん猫のほうは鶏舎という全体が金網で覆われた檻の中で出口を見失い、必死だったのだ。でも僕は猫が必死に足搔けば足搔くほど優位に立って反りかえった。逃がしてやってもいいと思っていた。だから猫をさりげなく追った。僕たちには見つけることができなかったが、現に猫はこうして鶏舎内に侵入している。ゆえに猫が逃げた穴をふさげば、それ以後猫は侵入できないと考えたのだ。

だが猫は狼狽えたまま天井に闇雲に突進し、そのたびに埃と一緒にたまっていた羽毛が舞い散って、僕は息苦しさを覚えはじめた。しかも猫の暴れるのにあわせて成鶏たちも緊張し、バタリーの中で羽を突っぱらせて身悶えをはじめた。舞いあがる羽毛ほど始末に負えないものはない。鼻の穴の中に入り込んでくしゃみを催させ、口のなかで唾液に絡めとられて嫌らしく丸まって派手に自己主張する。

「おい、ばか猫。すこしは落ち着けよ」

僕は天井の桟に張り巡らされた金網に突進するしか芸のない黒猫に向かって跳躍した。伸ばした手が猫の尻尾を掴んでいた。

「ははは。やったぞ、おい、黒」

僕は昂ぶった。猫にむかって声をかけていた。親愛の声に近かった。たいした大きさの猫ではない。痩せている。それでも逃げようとしている獣の筋肉の張りつめ方が尻尾をとおして指先に伝わってくるのだから、たまらない。

「おまえがヒヨコを惨殺したのか。意外だなあ。もっとでかい猫かと思ったよ。ヒヨコどもの頭はうまかったか。さぞや腹がぷっくりふくらんだことだろうなあ」

なんでこんなにお喋りになっているのだろう。僕は自分の精神状態を訝しく感じて、小首をかしげた。同時に尾を掴んだ手と、その筋肉を支配している反射神経は自動的に作動して、天井を引っ掻きまくっている黒猫を引きずりおろしていた。

猫を吊りさげていた。

顔の高さに手をあげて、捧げもっていた。猫は僕によって宙づりにされていた。

尾を摑まれた黒猫は、切なく身悶えした。見開かれた瞳は瞳孔が開ききって、真っ黄色に燃え盛っていた。僕がその黄色い眼を凝視した瞬間だ。

威嚇してきた。

思い切り口をひらいて、悲鳴に近い声をあげて僕を脅した。僕は黒猫の口腔内があまりに鮮やかな紅色をしていることに息を呑んだ。しかも白い合成樹脂でつくられたかに見えるちっぽけな牙だったが、鼻梁に無数の皺を刻んで牙を露にしたその瞬間に黒豹だった。

戸惑った。

恐怖さえ感じた。

実際に背筋が引き攣れた。

途方に暮れた瞬間だ。

身を大きく捩った黒猫が僕の右膝に嚙みついていた。僕は彼方に黒猫の唸り声を聴いた。こんどは僕が瞳を見開く番だ。それでも嚙みつかれたとたんに僕は冷静さを取りもどしていた。戦闘態勢に入っていた。

深呼吸をした。

それから尻尾が手から外れないように中指と薬指に絡ませた。長い尾であったが、器用なことをするなあと僕は自分の行動を他人事のように見守った。

痛みは感じない。しかし牙は意外に深く、きつく膝頭に刺さっていて、尾を引っ張ったくらいでは外れなかった。

無理な力を加えると傷口が大きくなる。あいている左手を猫の顔にもっていった。僕は黒猫の艶やかに黒い鼻に指をかけた。爪を立て、思い切り引き裂いてやった。このやり方は功を奏した。猫が哀れっぽく鳴いた。人の、女の泣き声に似ていた。

僕は冷たくなった。

冷たくひえきっていた。

尻尾を摑んだ右腕を、大きく振りかぶった。コンクリートの床に叩きつけた。頭から叩きつけた。淡々と。

とまらなくなった。

醒めてはいたが、とめられなかった。

やがて背に汗がうかびはじめた。作業をしたという実感が湧いた。黒猫は絶命していた。口や鼻は当然のこととして両眼、両耳からも出血していた。その頭にそっと触れると、じわりと指先がめりこんで、顔が大きく変形した。

空気を抜かれた風船にちかい、おもしろい感触だった。頭蓋骨を完全に砕いたので、掴み所のない立体の福笑いといった感じだ。眼の位置も鼻の位置も自由自在だ。その顔を筒のように伸ばすこともできた。逆に煎餅のように圧迫することもできた。しかも、あれこれ悪戯してとことん変形させても、その形態に必ず猫の面影があるので余計におもしろかった。

指先を汚した血やリンパ液が乾きはじめて、あくびが洩れた。あくびは厭き果てたこともあるが、疲労したことが原因だろう。僕はひどく疲れていた。たかが猫殺しでも、これほどに消耗するのだから、命とはたいしたものだ。

僕は猫を振りまわしながら、重い足を引きずって牛舎にむかった。脹脛(ふくらはぎ)に凝固した疲労はかなりのものだ。今朝はなにもしないうちから疲れきってしまったと苦笑した。

宇川君は一心不乱に糞掃除をしていた。僕が黙って見守っていると、せっかくスコップで掻きだして綺麗にしたその部分に、ぼてぼてぼてぼて……と真新しい糞が落下した。大量の褐色である。牛も案外と意地悪なところのある動物だ。宇川君がめげずにその糞をふたたびこそげ落とそうとした瞬間に、こんどは排尿である。

派手に湯気をあげる銀色の滝を間一髪のところで避けた宇川君は、猫の死骸をさげている僕に気づいて眼を細め、不思議な笑いをうかべた。

「そいつか」

「そう」

「思ったよりもちいさいね」

「でも、猛獣。嚙まれちゃった」

宇川君が顔を顰めた。

「まずいな。猫の牙とかは毒がある」

「蛇じゃあるまいし」

「いや、黴菌が凄いんだよ」

「腐るかな」

「破傷風になるぞ」

「ほんまかいな」

「わからないけど、さ。たぶん腫れるな。絶対に膿む」

「断言されちゃったよ」

僕は床に黒猫を投げた。宇川君は近づき、腰をかがめて丁寧に観察した。黙って牛舎から出ていくと、牛に与える五十キロ入りの塩の空き袋をもってもどった。

「ここに入れなよ」

「うん。どこに埋める」

「埋めない」

「だって袋に入れて」

「これから、潰すんだ。そのためだよ」

僕は要領をえないまま猫の死骸を袋の中に放りこんだ。宇川君はそれをくるくると丸め、サッカーボールを扱うように脚先で弄び、牛舎から蹴りだした。僕が白い息を吐いて漠然と立ちつくしていると、いまは役立たずとなったサイロから、重石にしている石をもってきた。

宇川君は黙ってその石を塩袋に叩きつけた。幾度も、幾度も叩きつけた。漬け物石である。かなりの重さがある。僕は頭を砕いただけだったが、宇川君の取りだした猫の死骸は、黒い毛皮に包まれたなにかになってしまっていた。

「すごく伸びちゃったね」

「ああ。これだけ潰すと、骨なんてかけらもないだろうからね」

「どうするの」

「吊す」

「吊すって」

「そう。見せしめだ」

「腐るだろう」

「いいんだ。腐った匂いがしたほうがいい」

僕は肛門から大腸が垂れさがって、わずかではあるが湯気をあげている、もともとは黒猫だった得体の知れないひどく伸びきった毛皮を一瞥した。

「野良猫どもは、こいつを見て、農場を避けるかな」

「まあ、無駄だろうね」

「じゃあ、棄てようぜ」

「だめ」

宇川君の拒絶は頑なだった。僕はどう対応していいかわからなくなり、とりあえず苦笑いをうかべた。そこへ北君がやってきた。

「どうしたの。なにを騒いでいるの」

僕は無視した。宇川君は唇の端を歪め、いきなり猫だった伸びきった毛皮を北君の顔に投げつけた。

＊

まだ霜柱は残っていた。しかし、溶けはじめていた。牧草地はぬかるんでいたが、ゴム長靴の踵がめりこむその感じが奇妙に肉感的で生々しく、性的でさえあった。泥は、性的だ。泥濘はなお性的だ。僕はその感触を愉しんでから、そっと屈んだ。

宇川君は彼方で一心不乱に牧草を刈っている。もっとも牧草は充分に伸びているから、あの凍えた夕刻のような悲惨さはない。僕は鎌の刃で牧草を切断するたびに立ち昇る青い香りを胸に充たして、空を仰ぐ。

帽子が欲しいと思った。

陽射しは容赦がなく、鼻の頭などがじりじりと灼けていくのがよくわかった。澄みわたった青空は仮借がない。全てを露にし、灼いていく。雲雀が複雑な軌道を描いて飛んでいる。僕はそれをしばらく追って、地面に視線をもどした。なんとなく気分にむらがあって宇川君のように集中して牧草を刈ることができない。

それでもしばらく刈り進んだ。異物を発見した。鎌をとめた。雲雀の巣だった。牧草の根元に枯れ草でつくられた皿のかたちをした巣があった。雛が三羽、無様な大口をあけて餌を求めている。

僕はふたたび天を仰いだ。雲雀があんなに乱れて飛びまわっているのは、僕が巣に近づいたせいだった。親雲雀は気が気ではないのだ。僕は地味ながらも確実な万能感を抱き、そっと巣に足をむけた。雛が足裏をつつく。ゴム長靴は喰えないだろう。胸の裡で呟いて、いったんは圧力を加えたが、そっと巣から足をはずした。親雲雀の狂態を見あげ、その場から離れた。

アシジのフランシスコは鳥に説教をしたという。とくに雲雀が好みで、雲雀に説教をするのが好きだったそうだ。いいなあ、聖人は暇で。

額を汗が伝った。手の甲で汗を拭ったときだ。鶏舎の糞掃除をまかせていたジャンが駆けてきた。電話だという。僕は緊張した。逃げこんだ僕に電話をかけてくる者などいるはずがない。僕は躊躇った。ジャンが急かす。牧草地を横切って、宿舎にもどった。掌の冷や汗をズボンの太腿になすりつけ、息をころして内線の受話器を耳にあてる。気配はするが、沈黙が重い。意を決して声をあげる。

「もしもし」

「朧」

「赤羽先生」

「生まれたよ」

「なにが」

「先ほど、三時十八分、無事男児出産だ」

ああ、もう、そういう時期なのか。僕は赤ん坊の体重を口ばしる赤羽の声を遠くに聴き、肩から力を抜いた。シスターテレジアも元気だそうだ。

「先生」

「なに」

「処女懐胎ですね」

沈黙がかえってきた。つまらないことを口ばしってしまった。僕はこういうところが不細工だ。反省と同時にシスターテレジアにのしかかって腰をふるわせる赤羽の姿が脳裏を掠めた。その痙攣は、昆虫の交尾にちかい。赤羽はシスターテレジアを抱いたのだろうか。

僕は受話器を置いた。ポケットに手を突っこんで、宿舎から出た。立ちどまって牧草地を眺めた。宇川君が腰に手をやって立ちあがり、僕のほうを見ていた。僕はなんとなく頷いた。幽かにとどく雲雀の声を背に、見守る宇川君をはぐらかして、鶏舎にむかった。

鶏舎の金網にはナイロンロープで首を吊られた猫のミイラがさがっている。鶏糞の匂いに混ざって、燻製臭い腐敗臭が鼻腔に充ちた。僕は金網をとおして牧草地を見やった。ちいさな、ちいさな宇川君が、地面に這いつくばるようにして牧草を刈っている。その頭上に揚げ雲雀。春風にミイラが揺れる。春だ。途轍もなく、春だ。

聖書を棄てる意味

小川国夫

聖書を棄てる修道士が先ず登場します。聖書は信じることを命じているのに、本当は疑うことを命じている本ではないか、と彼には思えるからです。信仰する者としてではなくて、哲学する者として生きるほうが彼にはぴったりくるからでしょう。ところで、彼にとって懐疑は頭脳にあるだけではなく、肉体にもあるのです。だから、なにごとをも知りたがる彼は敢然として（あるいは、ふらふらと）、変態の世界に身を投じるのです。ことわっておきますが、変態とはホモ・セクシュアリティーのことではありません。それは変態ではありません。彼の冒険は異性と肛門で接して、喜びを極めることにあるのですから、私はあえて変態とよんだのです。この場合、自分の傾向はともかく、不思議な自然にみちびかれて、相手を演じることができる女性を発見する彼に、私は舌を捲きました。

ここにもう一人、自分には棄てる聖書さえない、と放言する青年がいます。多くの日本人は普通そうかもしれませんが、彼の場合、修道院で生活しているのですから、決定的な反逆の表明ともいえます。つまり彼は、修道院（の偽善）憎けりゃ聖書まで憎い、とでもいうべき心境になっているのです。彼はこう言っていきどおります。〈経営者である院長は、なぜ僕たちの訴える窮状に耳を貸そうとせずに、きっと神様がよくしてくださいますなどという戯言を口ばしって平然と微笑むのか。〉

《王国記》は、以上私が触れた二人の登場人物が男と男として愛しあい、容赦なく見すかし合ったりしながら、苛烈な生活をいとなまざるを得ない様を軸として書かれています。一人は修道院を出るのですが、もう一人が出ることができないのは、彼が人殺しで、そこを隠れ家としているからです。二人はそれぞれに、自分の生きざまを、包み隠しなくめんめんと（一人称で）報告します。ですから私は、花村萬月は〈訴える作家〉だな、と思ってしまうのです。多くの読者は、むしろ、花村は〈こしらえる作家〉だと思っているかもしれません。彼がストーリー・テラーとしても手だれであることはその通りですが、私は聖書に照らしあわせて彼を読むせいで、彼のこの書に対する異議申し立ての声が、しょっちゅう心に刺さってくる気がするのです。

聖書には、だれも知るように、明日のことを思いわずらうな、明日のことは明日自身が考えるだろう、と書かれています。そして、どうやって食べようかなどと思いわずらう必要はない、空の鳥たちを見なさい、播くことも刈ることも倉に収めることもしないのに、天の父は彼らを養っている、とも言っています。ところが、花村はみな殺しにされる雄ヒヨコを見てこう書くのです。〈で、アウシュビッツで殺された雄ヒヨコの死骸は、いったいどうするのだろうか。途轍もない量であるから、単純に廃棄するにしてもかなりのコストがかかるのではないか。なにしろ生ものである。放っておけば腐敗する。おそらくは、ヒヨコの内にあるホルモンなどを抽出するシステムがあって、化粧品などに化けるのではないか。〉なんだか聖書は水をぶっかけられているようにも思えてしまいます。

イエスはまたこうも言っています。衣服が手に入るだろうかなどとなぜ心配するのか。野の百合を見なさい。紡ぎもしないし、織りもしないのに、天の父は美しく粧ってくださる。ソロモン王さえ、あのように着飾ることはできなかった。

ところが、花村はこう書いているのです。〈着衣に染みこんでいた農場の匂い、鶏糞、牛糞、豚糞、そして諸々の尿臭、腐敗臭〉〈ズボンに染みこんでいる畜生共の便臭、尿臭が鼻腔の奥にまでつんと刺さる。どこか酢の匂いを想わせる。それらは、冷気に負けない強靱さがある。〉〈靴下は木綿の軍足で、ここ数日穿き続けている。汚れた靴下につきものの、あの蒸れて腐敗発酵した悪臭はもともとが自分のものであるせいと、冷気のおかげでほとんど気にならないが、〉などと書きます。このような次第で、あるいは彼は、聖書にあるのは衣裳幻想だ、とでも言いたいのかもしれません。芥川龍之介が聖書のこの個所を評して、キリストのことをロマン主義の第一人者とよんだことは知る人も多いでしょう。その際芥川は、聖書にただ一ヶ所、イエスが言っている〈便所〉というむきつけな単語に違和感をおぼえています。しかしその点、彼は素直すぎて誤解しているのです。聖書は花村萬月が好んで表現する汚穢をも考慮していますし、それを人間性の常とさえ思っている節があるのです。たとえば、豚飼いの青年は豚の餌である豆を食べたがったとか、テラスにうずくまっている乞食のデキモノの膿を犬がなめていた、とも書かれていますし、全体の筋書きそのものが、崇高な幻想と悲惨な現実の対照なのです。

こう私が言っても、花村は賛成しないかもしれません。きっとこう反論するでしょう。僕はそんな対概念は認めていません、と。それはそうです。崇高があるから悲惨もあるのですが、花村はただ、こうだ、と書いているだけなのです。

私は、崇高なるものの像が結ぶ瞬間がないとは思いませんが、ほとんどないひとしい、とは思っています。しかし、しきりにそれを請けあう人がいます。惰性ですし、時には金儲けなのです。このような人が聖書を、安っぽい嘘でまぶしてしまうのです。花村はこうなってしまった聖書を〈棄てる〉と書いているのでしょう。その結果、〈僕は女の体に踵を差しこんだことがある〉と書くのは自然な成り行きに違いありません。逆説的とはいえ、パンチのきいた正当な攻撃と言わざるを得ません。彼は唾や粘液や精液の中に、たくましく宝探しをしている小説家、と私は認めるのです。

（作家・「波」二〇〇〇年三月号より転載）

文春文庫

ブエナ・ビスタ　王国記(おうこくき)II

定価はカバーに
表示してあります

2002年11月10日　第1刷

著　者　花村萬月(はなむらまんげつ)
発行者　白川浩司
発行所　株式会社　文藝春秋
東京都千代田区紀尾井町 3-23　〒102-8008
TEL 03・3265・1211
文藝春秋ホームページ　http://www.bunshun.co.jp
文春ウェブ文庫　http://www.bunshunplaza.com
落丁、乱丁本は、お手数ですが小社営業部宛お送り下さい。送料小社負担でお取替致します。

印刷・凸版印刷　製本・加藤製本

Printed in Japan
ISBN4-16-764205-0